DIE SCHWÄCHE DES DRACHEN

Die Gefährten der Tahoe-Drachen

Buch 5

JESSIE DONOVAN

Mythical Lake Press, LLC

Impressum

Dies ist eine erfundene Geschichte. Namen, Charaktere, Orte und Vorfälle sind entweder ein Fantasieprodukt der Autorin oder werden fiktional verwendet. Jegliche Ähnlichkeit mit Personen, ob lebend oder tot, Firmen, Ereignissen oder Orten ist rein zufällig.

Die Stonefire Drachen und Lochguard Highland Drachen Serien sind miteinander verflochten. Da so viele Leser nach der Lesereihenfolge fragen, habe ich sie in dieses Buch aufgenommen. (Diese Liste gilt ab Januar 2026.)

Dem Drachen geopfert (Stonefire Drachen #1)
Den Drachen verführen (Stonefire Drachen #2)
Die Drachen offenbaren (Stonefire Drachen #3)
Den Drachen heilen (Stonefire Drachen #4)
Den Drachen wiedererwecken (Stonefire Drachen #5)
Das Dilemma des Drachen (Lochguard Highland Drachen #1)
Vom Drachen geliebt (Stonefire Drachen #6)
Der Drachenwächter (Lochguard Highland Drachen #2)
Dem Drachen ergeben (Stonefire Drachen #7)
Das Drachenherz (Lochguard Highland Drachen #3)
Vom Drachen geheilt (Stonefire Drachen #8)
Der Drachenkrieger (Lochguard Highland Drachen #4)
Dem Drachen helfen (Stonefire Drachen #9)
Den Drachen finden (Stonefire Drachen #10)
Vom Drachen ersehnt (Stonefire Drachen #11)
Die Drachenfamilie (Lochguard Highland Drachen #5)
Skyhunter gewinnen (Stonefire Drachen Universum #1)
Die Entdeckung des Drachen (Lochguard Highland Drachen #6)
Snowridge Verwandeln (Stonefire Drachen Universum #2)

Kapitel Eins

David Lee hielt sich nicht gerade für einen Feigling. Immerhin war er seit fast einem Jahrzehnt Anführer des Clans StoneRiver und hatte es mit Möchtegern-Terroristen, dem American Department of Dragon Affairs und sogar anderen Clans zu tun gehabt, die in sein Gebiet einzudringen versucht hatten. Druck und sogar Gefahr waren nichts Neues für ihn.

Während er jedoch die Freiwilligen für die einwöchige Veranstaltung für Drachenwaisen eintreffen sah, war er versucht, sich in eine Ecke zu verziehen, um einer gewissen Frau aus dem Weg zu gehen.

Sein innerer Drache – die zweite Stimme in seinem Kopf – seufzte. *Ich finde es bewundernswert, dass sie uns unterstützen will. Sie ist ein Mensch, und doch opfert sie ihre Zeit, um verwaisten Drachenkindern zu helfen.*

Nur, dass du eine sehr entscheidende Kleinigkeit vergisst,

Drache – du weißt, dass sie unsere wahreGefährtin ist. Das ist mehr als Grund genug, ihr aus dem Weg zu gehen.

Sein Tier grunzte. *Du bist der Einzige, der ein Problem damit hat. Ich will sie, und wenn sie auch nur das geringste Interesse zeigt, werde ich sie küssen.*

Nein, wirst du nicht. Ich bin stärker, und ich werde dich aufhalten.

Sein Drache schnaubte und verstummte. Wenn es um die Kontrolle ihres Geistes ging, war David tatsächlich stärker.

Solange er die Menschenfrau nicht küsste und den Gefährtenrausch auslöste. Sein Drache würde dann übernehmen, und David könnte dem instinktiven Drang nicht widerstehen, die Menschenfrau zu nehmen, bis sie schwanger war.

Und das durfte David nicht geschehen lassen, nicht einmal, wenn die betreffende Frau es wollte. Verdammt, *ihn* wollte.

Nein, denn jede Frau, die seine Gefährtin wurde, würde damit im Grunde ihr eigenes Todesurteil unterschreiben. Und das war etwas, das er nicht auf seinem Gewissen haben wollte.

Sein Drache seufzte. *Nicht das schon wieder!*

Leugne es, so viel du willst, aber die letzten fünf Clanführer von StoneRiver haben alle ihre Gefährtinnen wenige Jahre, nachdem sie sie beansprucht hatten, verloren. Ich werde das Leben keiner Frau so riskieren.

Es gibt keinen verdammten Fluch.

Du magst das nicht glauben, aber was ist mit den Arschlöchern, die Drachenwandler angreifen und sie in andere Länder verbannen wollen? Sie sind eine Bedrohung. Und mach dir nichts vor – wenn wir eine Gefährtin haben, werden sie sie angreifen, wenn sie können.

Bis jetzt haben sie sich still verhalten.

Das bedeutet nicht, dass sie nicht existieren.

David war sich der America for Humans Only League – AHOL – allzu bewusst, die nichts lieber täte, als jeden letzten Drachenwandler aus den Vereinigten Staaten zu verbannen, was auch immer es kostete.

Die Liga hatte vor fast einem Jahr der menschlichen Gefährtin eines seiner Clanangehörigen Ärger bereitet. Es war nur eine Frage der Zeit, bis sie wieder etwas versuchten.

Besonders, wenn David tatsächlich eine menschliche Gefährtin nahm. Die Liga sah Menschen, die mit Drachenwandlern gepaart waren, als dreckige Verräter an. Und auch wenn die Liga eine Weile niemanden getötet hatte, zumindest seines Wissens, hatten sie es in der Vergangenheit getan und würden es zweifellos wieder tun.

Und angesichts der Geschichte des Clans StoneRiver würde seine Gefährtin aller Wahrscheinlichkeit nach entführt und sogar getötet werden.

Bevor sein Drache versuchen konnte, erneut zu argumentieren, warum sie Tiffany Ford – ihre wahre Gefährtin – umwerben sollten, trafen einige der Freiwilligen ein, und er lächelte, als er sie begrüßte.

Die meisten von ihnen waren Drachenwandler, aber Menschen, die mit einem Drachen gepaart oder mit jemandem verwandt waren, der es war, hatten sich bewerben können, mitzuhelfen.

Was bedeutete, dass Tiffany, deren Bruder mit einer Drachenwandlerin im nahegelegenen Clan PineRock gepaart war, jedes Recht hatte, hier zu sein.

Sein Tier seufzte. *Mehr als ein Recht. Ihr Motivationsschreiben, in dem sie erklärte, warum sie helfen wollte, war locker das beste von allen.*

Da er sich nicht an ihre leidenschaftlichen, freundlichen Worte erinnern wollte und daran, dass sie alle Kinder selbst hätte aufnehmen wollen, wenn sie gekonnt hätte, ignorierte David sein Tier und behielt die Tür im Blick. Während die Minuten verstrichen und sie nicht auftauchte, fragte er sich, ob Tiffany vielleicht gar nicht kommen würde.

Er wünschte ihr nichts Schlechtes, doch wenn sie sich zufällig erkältet hatte und zu Hause bleiben musste, wäre die nächste Woche so viel einfacher.

Besonders, da sie noch nie nach StoneRiver gekommen war, und er selten in die Bar beziehungsweise das Restaurant eines seiner Clanmitglieder ging, das Lokal, in dem Tiffany arbeitete.

Also ja, wenn sie diese Woche nicht käme, würde David ihr wahrscheinlich lange, wenn nicht für immer, aus dem Weg gehen können.

Was bedeutete, dass sie sicher wäre. Und auch wenn er sie nicht wirklich kannte, war ihm das wichtig. Seinen Clan zu schützen − das war seine oberste Pflicht, und diesen Instinkt auf die wahre

Gefährtin zu übertragen, die er nie haben durfte, fiel ihm nur allzu leicht.

Und während die Registrierungszeit sich immer mehr ihrem Ende näherte, ohne ein Zeichen der Frau, entschied er, dass die nächste Woche vielleicht doch gar nicht so schlecht werden würde.

TIFFANY FORD RUNZELTE die Stirn über das abfahrende Auto. Ihr älterer Bruder Ryan hatte ihr gut zwanzig Minuten lang einen Vortrag darüber gehalten, dass sie vorsichtig sein und auf sich aufpassen solle.

Als ob sie das nicht schon wusste!

Doch jeder Versuch, ihren Bruder daran zu erinnern, dass sie Teilzeit in der Mensch-Drachen-Bar in der Nähe von StoneRiver arbeitete – was bedeutete, dass sie inzwischen gut genug wusste, wie man mit Drachenwandlern umging und ihre Feinde erkannte –, war sofort abgetan worden.

Obwohl sie siebenundzwanzig war und mehr als genug gesunden Menschenverstand besaß, um als Erwachsene zu gelten, würde ihr Bruder sie immer als seine viel jüngere Schwester sehen, was bedeutete, dass sie Schutz und Führung brauchte.

Ironisch, wenn man bedachte, dass sie ausgerechnet diejenige gewesen war, die ihm geholfen hatte, über den Verrat seiner Ex-Frau hinwegzukommen, was dazu geführt hatte, dass er seine Gefährtin gefunden hatte, eine Frau, die genauso vernarrt in Ryan war wie er in sie.

Sobald das Auto außer Sicht war, machte sie sich halb laufend, halb joggend auf den Weg zum Hauptgebäude. Sie hatte sich seit Wochen auf den Start des Camps gefreut. Und auch wenn ihre Aufgabe, eine Vielzahl von Aktivitäten für die Kinder zu überwachen, Spaß machen würde, hoffte sie am meisten auf die größeren Veranstaltungen, die, zu denen potenzielle Adoptiveltern kamen, um die Kinder kennenzulernen. Die meisten von ihnen waren mit wenig mehr als einer Notiz verlassen worden, fast alle Waisen halb menschlich.

Und da das Gen, sich in einen Drachen zu verwandeln, immer dominant war, mussten selbst halb menschliche Kinder bei einem Drachenclan leben.

Offenbar hatten zu viele menschliche Mütter das nicht tun wollen.

Auch wenn Tiffany wusste, dass es allerlei Umstände gab, die zu der herzzerreißenden Entscheidung führen konnten, tat es ihr immer noch im Herzen weh für die verlassenen Kinder. Sie wünschte sich, sie könnte sie alle adoptieren. Aber das war nicht nur aus vielen Gründen unrealistisch, sondern sie war auch nur ein Mensch, und das ADDA würde ihr niemals erlauben, ein Drachenwandler-Kind allein großzuziehen. Vielleicht wäre es anders, wenn sie einen Drachengefährten hätte.

Aber Tiffany hatte keinen. Und sie war sich

auch nicht ganz sicher, ob sie jemals einen Drachengefährten oder einen menschlichen Ehemann haben würde.

Da sie nicht über all die Gründe nachdenken wollte, warum sie trotz allem, was sie für ihren Bruder getan hatte, so zynisch war, wenn es um Liebe ging, rannte sie die letzten Meter, bis sie den Eingang zum Hauptgebäude erreichte. Sie atmete einmal tief durch, glättete ihr Haar, umklammerte ihre Reisetasche fester mit der Hand und ging hinein.

Der Empfangsbereich bestand aus einem großen, weiten Raum mit drei Tischen, die aneinander gestellt eine lange Reihe am anderen Ende bildeten. Sowohl bekannte als auch unbekannte Gesichter saßen an den Tischen, hinter verschiedenen Stapeln von Unterlagen und Broschüren.

Und hinter ihnen allen stand StoneRivers Clanführer, David Lee.

Obwohl sie bei einem anderen Drachenclan lebte – PineRock – hatte sie den Clanführer von StoneRiver ein- oder zweimal getroffen. Er war immer kurz angebunden und kühl gewesen und hatte sich geradezu davongestohlen, um so schnell wie möglich von ihr wegzukommen.

Diesmal jedoch stand er nur mit hinter dem Rücken verschränkten Händen da und starrte sie an.

Während sie näher an die Tische trat, bemerkte sie, dass seine Augen so dunkel waren, dass sie fast schwarz wirkten. Und doch, als seine Pupillen von runden zu geschlitzten blitzten, konnte sie die Veränderung gut sehen.

Er war älter, größer – und verdammt attraktiv, mit seinen breiten Schultern, dem festen Mund und dem dunklen Haar. Seine sanft gebräunten, muskulösen Arme – von denen einer ein Drachentattoo trug – verstärkten nur seine gesamte Anziehungskraft.

Nicht, dass sie das alles bemerken sollte – besonders, da alle Drachenmänner auf ihre eigene Weise sexy zu sein schienen. Teils wegen ihres Aussehens, teils wegen der Selbstsicherheit, die nur wenige Menschen erreichen konnten.

Aber David war ein Clanführer – und nach dem, was sie bei ihrer Arbeit in der Bar von ihrer Chefin Tasha gehört hatte, war er dagegen, jemals eine Gefährtin zu nehmen. Also war er ganz definitiv ein Typ zum Anschauen, aber nicht zum Anfassen.

Dennoch hatte er hier das Sagen und hätte ihre Bewerbung ablehnen können, hatte es aber nicht getan. Er mochte ihr gegenüber gleichgültig sein, aber sie würde zumindest freundlich zu ihm sein. Wenn er diese Veranstaltung organisierte, um Eltern für Waisen zu finden, konnte er doch sicherlich nicht völlig schrecklich sein.

Sie ging zu dem Bereich, wo er stand, lächelte und sagte: „Hallo, Mr. Lee."

Die Drachenfrau, die vor ihm saß, schnaubte. Tiffany erkannte die braunhaarige, blauäugige Frau als Megan Lee – die Schwester des Gefährten ihrer Arbeitgeberin. Die Frau sagte: „Seit wann nennen die Leute dich Mr. Lee, David?"

Er zuckte mit den Schultern. „Ich habe nie gesagt, dass sie das muss."

Na großartig! Sie hatte nur versucht, höflich zu sein, aber irgendwie war es nach hinten losgegangen.

Vielleicht hätte sie genauer zuhören sollen, als ihre Schwiegereltern und sogar der Anführer von PineRock ihr in den letzten Wochen Ratschläge gegeben hatten, wie man mit den Mitgliedern des StoneRiver-Clans sprach. Hätte sie nur daran gedacht, es aufzunehmen, um es sich später noch einmal anzuhören, dann hätte sie sich jetzt besser daran erinnern können. „Nun, ich wusste nicht, ob Sie David, Dave, Davey oder irgendeinen anderen Spitznamen bevorzugen. Die Leute wollen mich immer Tiffy nennen, und ich muss mich dann zusammenreißen, nicht zusammenzuzucken. Ich bin doch kein Hund oder sechs Jahre alt!"

Sein Gesicht blieb ausdruckslos. „David ist in Ordnung."

Sie nickte und streckte eine Hand aus. „Schön, dich wiederzusehen, David. Vielleicht laufe ich dir in dieser Woche ja nochmal über den Weg."

Er blickte auf ihre Hand. Seine Pupillen blitzten, und er nickte.

Aber er schüttelte sie nicht.

Tiffany hatte gute Dinge über den Anführer von StoneRiver gehört, aber allmählich dachte sie, dass er vielleicht doch nicht so nett war, wie alle gesagt hatten.

Sie zog ihre Hand zurück und konzentrierte sich auf Megan, die David einen seltsamen Blick zuwarf, bevor sie Tiffany ihre Begrüßungsinformationen übergab und ein paar Dinge zum Zeitplan für die Woche erklärte.

David mochte sich geweigert haben, ihr die Hand zu schütteln, aber aus den Augenwinkeln konnte sie sehen, dass er sie immer noch anstarrte.

Okay, jetzt wurde es ein bisschen seltsam.

Mit etwas Glück würde sie nicht nochmal mit dem Clanführer von StoneRiver zu tun haben. Es war schwer, nett, charmant und lustig für die Kinder zu sein, wenn er sie ununterbrochen anstarrte. Vielleicht hatte er Angst, dass sie etwas vermasseln würde? Oder vielleicht traute er Menschen nicht?

Wer wusste das schon?

Aber es spielte keine Rolle. Nein, die Waisen hatten die nächste Woche über oberste Priorität. Sie war eine derjenigen, die die Aktivitäten leiteten, und würde sowieso die meiste Zeit draußen sein. Sie bezweifelte, dass David Lee jeden einzelnen Leiter die Woche über kontrollieren würde.

Sie hielt ihre Reisetasche fester, schenkte ihrer Begleiterin ein Lächeln und gab sich große Mühe, Smalltalk zu machen. Glücklicherweise war die Drachenfrau freundlich, und Tiffany vergaß schon bald den grüblerischen Clanführer und seine Blicke.

Kapitel Zwei

David war es irgendwie gelungen, den Fragen seiner angeheirateten Cousine über sein Verhalten gegenüber Tiffany Ford auszuweichen, bis die letzte Freiwillige eingecheckt hatte. Als er sich zum Gehen wandte – die Begrüßungsveranstaltung für die Freiwilligen würde bald beginnen –, packte Megan sein Handgelenk und zog daran. „Hier entlang."

Megan war mit seinem Cousin und besten Freund verpaart und gehörte zu den wenigen, die keine Scheu hatten, direkt oder unverblümt mit ihm zu reden. Oh, sie wusste, wann sie seine Dominanz nicht herausfordern sollte, aber als sie die Tür des kleinen Lagerraums schloss und ihn stirnrunzelnd ansah, wusste er, dass jetzt nicht einer dieser Momente war. „Was zum Teufel war das denn? Tiffany ist nichts als freundlich gegenüber Drachenwandlern, und ich sollte das wissen, da sie für die Gefährtin meines Bruders in deren Bar und

Restaurant arbeitet. Warum dieser Arschloch-Moment da draußen? Und sag nicht, es sei nichts, denn ich habe keine Zeit für Lügen."

Sein Drache lachte. *Ja, warum war das nochmal?*
Halt' die Klappe!

Megan hob fragend die Brauen. „Nun?"

Verdammt, er hatte nicht einmal Justin − seinem Cousin und Megans Gefährten − die Wahrheit erzählt. Und doch, wenn er Tiffany in der nächsten Woche so weit wie möglich aus dem Weg gehen wollte, würde er Hilfe brauchen.

Megan war seine Stellvertreterin für die Veranstaltung und würde sehr wohl dazu imstande sein.

Mit einem Seufzer entschied er: na gut. „Ich sage es dir, aber zuerst musst du versprechen, es für dich zu behalten."

„Gut, was auch immer. Solange ich es Justin erzählen darf, natürlich." Er nickte zustimmend. „Dann raus damit."

„Sie ist meine wahre Gefährtin, Megan. Was bedeutet, dass ich dafür sorgen muss, dass sie mich hasst."

Die meisten hätten gelacht oder gesagt, er sei ein Idiot. Aber Megan kannte seine Gründe, noch bevor er sie erklären konnte. „Ich weiß, dass du und Justin beide diese Theorie habt, dass die Gefährtinnen der Clanführer von StoneRiver zum Untergang verdammt sind, aber willst du sie dir wirklich durch die Finger gehen lassen, ohne es überhaupt zu versuchen? Du hast Justin und mich, aber ansonsten bist du allein, David. Clanführer zu sein ist nicht leicht, und eine Gefährtin hilft bei allem."

Er knurrte. „Das weiß ich. Aber ich will nicht, dass sie stirbt, Megan. Justins Mutter war die Letzte, die ums Leben gekommen ist. Ich dachte, du würdest das verstehen."

Justins Vater war vor David Clanführer gewesen. Selbst nachdem seine Gefährtin von ein paar menschlichen Mistkerlen zum Spaß getötet worden war, hatte Jian Lee sein Bestes für StoneRiver gegeben, bis er in den Ruhestand gegangen war, kurz bevor er starb.

Und als David die Position des Clanführers gewonnen hatte, hatte Jian ihn davor gewarnt, seinen Fehler zu wiederholen. Jian hatte gedacht, dem Schicksal trotzen zu können, aber letzten Endes hatte er es nicht geschafft. Er hatte nicht gewollt, dass David denselben Schmerz durchmachte.

Er hielt sich im Allgemeinen nicht für abergläubisch. Doch fünf Gefährtinnen von Clanführern, die nacheinander ums Leben gekommen waren, waren eine verdammte Menge an Beweisen, dass er niemanden in Gefahr bringen sollte, geschweige denn seine wahre Gefährtin.

Megan wandte den Blick ab und seufzte. „Ich weiß, dass es keine triviale Sache ist. Aber vielleicht versuchst du, zumindest nett zu ihr zu sein? Die Situation hat sich in den letzten zwei Jahrzehnten wirklich sehr verbessert, was den Schutz der

Drachenwandler durch das ADDA angeht und dass sie jetzt tatsächlich diejenigen verhaften, die versuchen, uns zu schaden. Und da Tiffany kein Drachenwandler ist, kann sie auch nicht einfach wegfliegen und versehentlich in einem Gewitter vom Blitz getroffen werden. Keine frühere Clanführer-Gefährtin, die ums Leben gekommen ist, war ein Mensch. Vielleicht ist es das, was StoneRiver braucht, um diesen tragischen Kreis zu durchbrechen.“

Alle fünf früheren Gefährtinnen waren tatsächlich Drachenwandler gewesen. Aus irgendeinem Grund war er zu sehr auf ihre Tode fixiert gewesen, um darüber hinauszudenken. „Du und deine Logik.“

Megan grinste. „Normalerweise liebst du das an mir.“

Er brummte: „Ja, was auch immer.“

Sie hob die Brauen. „Also wirst du darüber nachdenken, sie ein wenig kennenzulernen, bevor du sie komplett wegstößt? Brad kennt sie ziemlich gut, und allem Anschein nach ist Tiffany keine Idiotin, die aus Nervenkitzel in eine gefährliche Situation rennen würde.“

Brad war Megans Bruder und einer der Beschützer von StoneRiver, der für die Sicherheit des Clans verantwortlich war. David vertraute dem Mann mit seinem Leben. „Ich weiß nicht.“

„Sieh es doch mal so − solange du sie nicht küsst, seid ihr beide sicher.“ Sie berührte sanft seinen Arm. „Denk einfach darüber nach, okay? Ich hasse es, dich so isoliert und allein zu sehen."

Und damit ging Megan, bevor er antworten konnte.

Und natürlich musste sich sein Drache jetzt melden, ließ David keinen Moment zum Nachdenken. *Sie ist eine sehr kluge Frau.*

Du sagst das nur, weil es dich näher an das bringt, was du willst.

Vielleicht. Aber sie hat in zwei wichtigen Punkten recht – das letzte Mal, dass die Gefährtin eines Clanführers alt geworden ist, war sie ein Mensch. Und zweitens: Tiffany ist sicher, solange wir sie nicht küssen und beanspruchen.

Scheinbar wollte jeder ihn dazu drängen, nett zu der Menschenfrau zu sein, so oder so.

Er seufzte. *Ich treffe jetzt keine großen Entscheidungen. Aber ich verspreche, zumindest nett zu ihr zu sein.*

Das ist kaum eine Veränderung.

Es muss fürs Erste reichen, Drache.

Sein Tier schnaubte, aber bevor es antworten konnte, verließ David den Lagerbereich und ging in Richtung des großen Raums, der für die Begrüßungsveranstaltung genutzt wurde.

Zweifellos würde Tiffany dort sein. Die einzige Frage war, ob er das Risiko eingehen würde, mit ihr zu sprechen, oder sein Bestes tun, ihr aus dem Weg zu gehen.

Tiffany betrat den großen Raum, der für die abendliche Veranstaltung genutzt wurde, und sah sich in der Menge schnell nach bekannten Gesichtern um.

Sie wusste, dass ihre Chefin Tasha nicht da sein würde, ebenso wenig wie deren Gefährte. Zumindest an diesem Abend. Beide arbeiteten in Tashas Bar und Restaurant.

Als sie so ihre Suche fortsetzte, schien es, dass auch niemand aus der angeheirateten Familie ihres Bruders aus PineRock gekommen war. Was seltsam war, angesichts der Tatsache, dass eine Cousine – Luna – gesagt hatte, sie würde hier sein.

Eine Männerstimme kam von hinten. „Wenn Sie mir sagen, welche Art von Freund Sie suchen, werde ich Sie in die richtige Richtung weisen."

Sie blickte über die Schulter und sah einen Mann mit dunkler Haut, schwarzen Haaren und braunen Augen. Sie hatte ihn ein- oder zweimal in der Bar gesehen, meist beim Dartspielen. Sie hob eine Augenbraue. „Ich wusste nicht, dass jemand die Aufgabe hat, Freunde für die Woche zuzuweisen."

Er grinste, und der Mann wurde zu gutaussehend für sein eigenes Wohl. „Das stand nicht im Begrüßungspaket, wenn Sie das meinen." Er trat vor sie und streckte eine Hand aus. „Ich bin Tyler Bell. Und Sie sind Tiffany Ford. Ich habe Sie in der Bar gesehen."

Sie schüttelte seine Hand und nickte. „Sie spielen gern Darts."

„Nein, ich *gewinne* gern beim Dart."

Sie konnte nicht anders als zu lächeln. „Gibt es hier irgendwo eine Dartscheibe? Ich bin selbst ziemlich gut und mag es hin und wieder, das männliche Ego zu zerstören."

Er lachte. „Sie werden meinen Abend retten, nicht wahr?"

Sie war daran gewöhnt, dass Männer in der Bar mit ihr flirteten, entschied sich aber, ihn nicht auch noch zu ermuntern. Zumindest jetzt nicht.

Sie konnte an dem Tattoo, das unter seinem Hemd hervorblitzte, erkennen, dass er ein Drachenwandler war, also wechselte sie zu sichererem Terrain. „Von welchem Clan sind Sie?"

„StoneRiver. Mein Bruder Jon ist für die Sicherheit zuständig. Wenn Sie also etwas brauchen, fragen Sie mich, und ich kann ihn sofort erreichen."

Bevor sie fragen konnte, ob es etwas gab, worüber sie sich Sorgen machen sollte, füllte eine andere Männerstimme die Luft. „Tyler, deine Schwester braucht Hilfe mit dem Soundsystem."

Es war David Lee.

Während Tiffany noch überlegte, ob sie sich umdrehen und sich erneut seinem Starren stellen sollte, nickte Tyler. „Ich gehe." Er blickte zurück zu Tiffany. „Man sieht sich. Wenn Sie jemals Rat brauchen, wen Sie meiden sollten, kommen Sie zu mir."

Sie lächelte wieder, als Tyler zu einer jüngeren Frau raste, die dieselben Augen und dieselbe Nase hatte und wohl seine Schwester sein musste.

David trat neben sie. Obwohl sie durchaus Abstand zwischen sich hatten, war sie sich seiner Präsenz übermäßig bewusst – stark, selbstbewusst und definitiv grüblerisch.

Wie man mit Männern wie Tyler umging, wusste sie, solchen mit selbstverständlichem Charme und Humor. Aber sie hatte keine verdammte Ahnung, wie sie mit David sprechen sollte. Männer wie er ließen sie bei ihrer Arbeit meist in Ruhe, und normalerweise war sie zu beschäftigt, um zu versuchen, einen von ihnen zu knacken.

Glücklicherweise sprach er wieder und ersparte ihr die Mühe. „Kommen Sie mit mir. Ich stelle Ihnen einige der Leute vor, mit denen Sie arbeiten werden."

Sie dachte nicht, dass ein Clanführer Zeit zu verschwenden hatte – immerhin war der Anführer von PineRock ewig mit Papierkram und der Schlichtung von Clanstreitigkeiten beschäftigt. „Wenn Sie mich einer Person vorstellen, sollte ich danach zurechtkommen. Ich bin sicher, es gibt tonnenweise andere Dinge, die Sie tun müssen."

Endlich sah er ihr in die Augen, seine Pupillen blitzten. „Ab morgen wird jeder beschäftigt sein. Aber heute Abend ist es meine Aufgabe, sicherzustellen, dass Sie nicht irgendwo in einer Ecke stehen und sich verlassen fühlen."

Sie hob die Brauen. „Ich bin nicht der schüchterne Typ, der sich im Hintergrund hält und in dunklen Ecken versteckt. Ich sehe mich nur gern erst einmal um und beobachte, bevor ich mich hineinstürze."

Seine Pupillen flackerten erneut. „So? Und was haben Sie bisher bemerkt?"

Ohne sich in diesem Moment darum zu scheren, dass er ein Clanführer war, schob sie ihn sanft zur Seite des Raums, weg von allen anderen, und flüsterte, während sie auf verschiedene Leute deutete. „Da drüben steht ein Typ, der immer wieder versucht, diesen drei Frauen zuzuzwinkern und zu lächeln. Und wann immer sie es schaffen, ohne dass er es sieht, verdrehen sie die Augen untereinander. Sie sind eindeutig nicht an ihm interessiert." Sie deutete auf eine andere Gruppe. „Diese Gruppe junger Männer macht sich groß, und sie unterbrechen einander ständig. Entweder versuchen sie, sich mit Geschichten oder Eroberungen des weiblichen Geschlechts zu überbieten, oder sie stehen kurz davor, einen Streit anzufangen." Und sie deutete auf eine weitere Gruppe. „All diese Leute sehen sich sehr ähnlich und berühren einander ohne Zögern. Ich denke, sie sind auf irgendeine Weise verwandt." Sie blickte schließlich zurück zu David und blinzelte über die Überraschung in seinen Augen. „Liege ich richtig?"

DAVID HATTE NOCH NIE ZUVOR einen so scharfsinnigen Menschen getroffen.

Tiffany war ganz sicher nicht irgendeine

dumme Person, die sich kopfüber in Gefahr stürzte, ohne groß nachzudenken.

Sein Drache meldete sich. *Ich bin froh, dass du eifersüchtig auf Tyler warst und dich entschieden hast, mit ihr zu sprechen.*

Das war keine Eifersucht.

Richtig, red' dir das nur ein.

Okay, er war ein wenig eifersüchtig gewesen. Tyler war gutaussehend und charmant und näher an Tiffanys Alter. Ganz zu schweigen davon, dass er ungebunden war und sich an jede Frau ranmachen konnte, die er wollte, ohne sich Sorgen machen zu müssen, ob ein Kuss ihr Leben bedrohen könnte.

Aber sie mit Tyler zu sehen, hatte Mann und Tier dazu gebracht, sie an sich ziehen und jeden Mann anknurren zu wollen, der in ihre Nähe kam.

Was er natürlich nicht durfte.

Als er sich an Megans Worte erinnerte, hatte ihn das schließlich die Distanz zu Tiffany überwinden lassen – *Ich hasse es, dich so isoliert und allein zu sehen.*

Die Tatsache, dass die Gefährtin seines Cousins sich um ihn sorgte, ließ David sich fragen, ob der ganze Clan das tat.

Was an sich ein Problem sein konnte. Drachen brauchten einen starken Anführer. Und wenn sie dachten, er sei in irgendeiner Weise schwach, würde seine Kontrolle über den Clan zu bröckeln beginnen. Isolation wurde von Anführern bis zu einem gewissen Grad erwartet, aber es war selten, dass einer niemals eine Gefährtin nahm.

Ganz zu schweigen davon, dass innere Drachen

Kontakt mit anderen brauchten. Sonst konnten sie leichter wild werden.

Sein Drache grunzte. *Ich bin nicht schwach.*

Natürlich nicht. Aber andere könnten der Meinung sein. Und manchmal reicht das schon.

Warum dann gegen deine Anziehung zu dieser Frau kämpfen? Sie könnte gut für uns und *den Clan sein.*

Ich werde sie nicht küssen.

Ich habe nicht gesagt, dass du das musst.

Es gefiel ihm nicht, wie gefügig sein Tier war. Ganz und gar nicht.

Also hatte er beschlossen, ein wenig mehr mit ihr zu sprechen, und dann würden seine Clanmitglieder ihn zumindest mit unbekannten Frauen reden sehen. Das allein konnte die Gerüchte für eine Weile abwenden.

Deshalb stand er jetzt neben der Frau und hörte sich Tiffanys Beobachtungen an. Als sie fertig war und fragte: „Liege ich richtig?", kämpfte er mit einer Antwort.

Sein Tier sagte: *Sei einfach ehrlich.*

David platzte heraus: „Sie sind gut. Aber ich bin neugierig: Was sehen Sie, wenn Sie mich mustern?"

Sie neigte den Kopf und betrachtete ihn einen Moment lang. „Das ist schwierig, weil ich normalerweise Leute sprechen oder frei mit anderen interagieren sehen muss, ohne dass sie sich beobachtet fühlen. Im Moment könnten Sie versuchen, jede Menge Dinge über sich selbst zu verbergen."

Trotz allem zupfte ein Lächeln an seinen

Lippen. „Heißt das, Sie werden mich diese Woche ausspionieren, um einen Bericht zusammenzustellen, den Sie dann am letzten Tag einreichen?"

Sie tippte sich ans Kinn. „Hm, das ist ja mal eine Idee." Sie sah sich um, um sich zu vergewissern, dass niemand in der Nähe war, und murmelte: „Was passiert, wenn Ihnen nicht gefällt, was ich feststelle?"

Er lächelte endlich. „Oh, ich weiß, was Sie finden werden. Vielleicht braucht manch anderer Streicheleinheiten für sein Ego, aber ich nicht. Ein Clanführer sollte seine Fehler kennen, weil seine Feinde sie auch herausfinden werden."

Sie biss sich auf die Unterlippe, und Davids Blick ging sofort zu ihren rosa Lippen. Die untere Lippe war so voll und einladend, dass er am liebsten selbst daran geknabbert hätte.

Und da er jetzt so nahe bei ihr stand, konnte er nicht umhin, den schwachen Duft von Kiefer und etwas, das ganz *sie* war, an ihr zu bemerken.

Tiffanys Worte rissen seine Augen zurück zu ihren. „Meiner Erfahrung nach wollen nicht viele Männer die volle Wahrheit hören."

Er wollte schon fragen, woher sie wusste, was Männer dachten, war aber nicht gewillt, der Eifersucht nachzugeben. Schon wieder.

Nein, das konnte David ganz sicher nicht tun.

Stattdessen zuckte er mit den Schultern. „Ein Feind wird sein Bestes tun, um Fehler zu entdecken und sie auszunutzen, richtig? Also ist es besser, ich akzeptiere sie und plane, was zu tun ist, wenn jemand versucht, sie gegen meinen Clan zu verwenden. Wes ist genauso."

Wes Dalton war der Anführer von Clan PineRock, wo Tiffany derzeit lebte, um ihrem Bruder und dessen Drachenwandler-Gefährtin nahe zu sein.

Tiffany lächelte. „Er hatte einen riesigen Fehler, bis Ashley dafür gesorgt hat, dass er es bemerkte. Und zwar, dass er sie *jahrelang* gewollt, aber zu viel Angst gehabt hatte, einen Schritt zu machen."

Da Ashley Swift auch die menschliche ADDA-Mitarbeiterin gewesen war, die seinen Clan beaufsichtigte – zumindest bis sie Wes gepaart hatte –, kannte er die Geschichte ebenfalls. „Er hat Abstand gehalten, um seinen Clan zu schützen. Sie sind ein Mensch, also müssen Sie nicht so mit dem ADDA umgehen wie wir. Es ist ein kleines Wunder, dass Wes Ashley als seine Gefährtin nehmen durfte, ohne sich Konsequenzen stellen zu müssen."

Sie winkte abweisend mit der Hand. „Vielleicht früher einmal, aber die Dinge haben sich geändert, oder? Sonst wären Brad und Tasha nicht zusammen."

„Wiederum besondere Umstände. Tasha lebt hier aus Sicherheitsgründen."

Die Menschenfrau war ein Ziel der Liga gewesen. Sie hatten ihr Geschäft in Reno zerstört und versucht, sie vor den Drachenwandlern zu „retten". Brad zu paaren hatte sie geschützt, und am Ende waren sie glückselig vernarrt ineinander gewesen.

David unterdrückte einen Anflug von Neid. Er hatte schließlich nicht dieselben Freiheiten. Und das akzeptierte er.

Das musste er.

Tiffany verdrehte die Augen. „Reden Sie sich nur ein, dass es nur um Tashas Sicherheit geht."

David widerstand dem Blinzeln. War sie eine so gute Beobachterin, dass sie quasi seine Gedanken gelesen hatte? „Was meinen Sie damit?"

Sie zuckte mit den Schultern. „Brad liebt seine Gefährtin und seine Tochter mehr als alles andere. Und auch wenn Sicherheit was Schönes ist, lebt Tasha doch für Brad und ihr Kind hier, da es illegal für Drachenwandler ist, in einer Menschenstadt zu leben." Sie beugte sich ein Stück vor, und David musste sich zusammenreißen, nicht in den V-Ausschnitt ihres Oberteils zu starren und einen Blick auf ihre kleinen Brüste zu erhaschen. Sie fügte hinzu: „Ich denke, ich habe meine erste Beobachtung über Sie gemacht, David. Sie glauben entweder nicht an die Liebe oder gehen zynisch damit um."

Sein Drache lachte, aber David gab seinem Tier keine Gelegenheit, etwas zu sagen. Stattdessen trat er ein Stück näher an Tiffany heran und ignorierte, wie ihre Wangen bei seiner Nähe erröteten. „Liebe existiert, ich sehe sie die ganze Zeit. Aber während manche Leute sich verlieben und ein sorgenfreies

Leben führen können, haben wir nicht alle diesen Luxus."

Sie suchte seinen Blick. „Es gibt kein Gesetz, das sagt, ein Clanführer dürfe keine Gefährtin haben und sie lieben."

So nahe konnte David sehen, dass ihre haselnussbraunen Augen mehr braun als grün waren. „Vielleicht kein Gesetz, aber es ist verdammt gefährlich für manche."

Ihre Brauen zogen sich zusammen. „Wovon sprechen Sie?"

Sein erster Instinkt war, die Linien in ihrem Gesicht zu glätten, sie wieder zum Lächeln zu bringen und ihr zu sagen, dass sie sich nie sorgen müsse. Er würde sich um sie kümmern.

Und das brachte ihn dazu, ein paar Schritte zurückzutreten. Die Vernunft kehrte in sein Gehirn zurück, je mehr Abstand er zwischen ihnen schuf.

Denn er würde sich nicht um sie kümmern können. Am Ende würde sie seinetwegen verletzt werden.

Es war unklug gewesen, heute Abend mit ihr zu sprechen. Er würde das in Zukunft korrigieren müssen.

Sein Drache knurrte. *Stoß sie nicht weg!*

David ignorierte sein Tier und räusperte sich. „Sie sind entschlossen, mich zu beobachten, richtig? Dann werde ich nicht alle Antworten preisgeben. Wenn Sie so gut sind, wie Sie sagen, finden Sie die Antwort selbst heraus."

Ohne ein weiteres Wort ging David davon und bemühte sich, sein pochendes Herz zu beruhigen.

Er war ihr zu nahe gewesen. Es hatte ihm gefallen, dass sie ihn wie einen Mann behandelte und nicht wie einen Anführer, und hatte nichts mehr tun wollen, als ihr alles zu erzählen, was sie wissen wollte.

Was verdammt lächerlich war.

Natürlich hatte er ihr jetzt eine Herausforderung gestellt, eine, von der er gleichzeitig wollte, dass sie sie meisterte und dass sie scheiterte.

Sein Drache lachte. *Du wirst keine Woche in ihrer Nähe durchhalten.*

Halt' die Klappe, Drache. Nach heute Abend werden wir zu beschäftigt sein, um die Menschenfrau zu bemerken.

Red' dir das nur ein. Sein Drache pausierte kurz, bevor er flüsterte: *Das wird Spaß machen.*

Ein kleiner Teil von David sehnte sich nach ein wenig Spaß, etwas, das er seit über einem Jahrzehnt nicht mehr gehabt hatte.

Zu viele Dinge waren über die Jahre passiert – Vorschriften hatten sich geändert, es hatte Streitigkeiten zwischen Clans gegeben und drachenfeindliche Extremisten waren auch noch mehr geworden, sodass David über nichts anderes nachgedacht hatte, als darüber, seine Pflicht zu erfüllen, mit all dem umzugehen.

Und doch brachte die Vorstellung, dass Tiffany ihn erst neckte und dann herausforderte, sie zu jagen, sein Blut in Wallung.

Nach nur einem Gespräch mit Tiffany Ford war er in verdammt großen Schwierigkeiten. Die einzige Frage war, ob er stark genug sein konnte, ihr zu widerstehen, besonders wenn sie irgendeinen Versuch unternahm, ihn besser kennenzulernen.

Er schob die Zweifel beiseite und bemühte sich, die ruhige, starke Fassade wieder aufzusetzen, die er normalerweise zur Schau trug. Sobald er das geschafft hatte, machte er sich daran, Gäste zu begrüßen und sicherzustellen, dass die letzten Details für den nächsten Tag vorbereitet waren.

David gelang es, Tiffany für den Rest des Abends nicht anzusehen. Erst als er sich zurückziehen wollte, warf er einen verstohlenen Blick auf sie, wie sie in der Ecke mit Tyler und dessen Schwester sprach.

Und sie starrte geradewegs zurück.

Er ignorierte das elektrische Kribbeln bei ihrem Blick, drehte sich um und verließ den Raum.

Das würde eine verdammt lange Woche werden. Und er konnte niemandem dafür die Schuld geben, außer sich selbst.

Kapitel Drei

A m nächsten Tag beobachtete Tiffany, wie die etwa zwanzig Kinder durch den Hindernisparcours rannten, den sie und ein Drachenmann namens Seth aufgebaut hatten, und schmunzelte darüber, wie sie lachten, während sie versuchten, einander zu übertreffen.

Früher hatte sie einmal Grundschullehrerin werden wollen. Doch obwohl sie jetzt wusste, dass sie Legasthenie hatte, hatte man das erst festgestellt, als sie weit in ihren Teenagerjahren gewesen war. Infolgedessen hatte Lesen sie frustriert, und sie hatte beschlossen, nach der Highschool freiwillig nicht weiter zur Schule zu gehen.

Zugegeben, eine Lehrerin hatte ihr in ihrem zweiten Jahr an der Highschool enorm geholfen, sodass Tiffany für kurze Zeiträume meist ohne große Probleme lesen konnte, aber der Schaden war bereits angerichtet.

Und weil sie so lange mit dem Lesen gekämpft

hatte, hatte sie stattdessen gelernt, Menschen zu beobachten. Gesichter, Eigenheiten, sogar kleine Anzeichen von Nervosität. Und auch wenn sie nicht immer sagen konnte, wann jemand log, war sie im Laufe der Jahre besser darin geworden, Wahrheit von Lügen zu unterscheiden.

Drachenwandler waren schwerer einzuschätzen, obwohl ihre Arbeit sowohl an der Bar als auch als Bedienung in Tashas Lokal ihr viel Übung darin verschafft hatte, sie zu beobachten, und sie lernte langsam, die zwei Persönlichkeiten in einem Körper zu lesen.

Und genau das musste sie tun, um David seinen albernen Bericht zu liefern.

Sie hätte natürlich Nein sagen können. Aber die Interaktion am Vorabend war anders als bei seiner ersten Begrüßung gewesen, und das hatte sie fasziniert.

Ja, das war der Grund. Nicht, weil er auf ihre Lippen gestarrt und ihr Herz auf eine gute Weise hatte rasen lassen.

Hör auf, Tiff! Sie wollte nicht albern wegen eines Mannes werden, nicht einmal wegen eines Drachenmannes.

Vielleicht, wenn sie die wahre Gefährtin von jemandem wäre, würde sie darüber nachdenken. Aber die Vergangenheit ihrer Familie, mit ihrem Bruder, der die Frau seines Zwillings gestohlen hatte, ließ sie bisweilen an ihren Instinkten in Sachen Männer zweifeln. Es hatte für Ryan am Ende mit seiner Drachenfrau geklappt, aber bis zu dem Debakel mit dem Frauendiebstahl hatte Tiffany auch ihren anderen älteren Bruder, Mark, verehrt. Die Tatsache, dass er Ryan verletzt hatte, ohne etwas zu sagen, und dann weggelaufen war und auch jeglichen Kontakt zu ihr abgebrochen hatte, tat immer noch weh.

Aber als die Kinder immer näher an sie und den Drachenmann, der ihr half, herankamen, dorthin, wo die Ziellinie war, schob Tiffany ihre Familiengeschichte beiseite, um zu lächeln und sie anzufeuern.

Ein braunhaariges kleines Mädchen rannte als Erste über die Linie und machte einen kleinen Tanz, während ihre Pupillen von rund zu geschlitzt und wieder zurück blitzten. Auf ihrem Namensschild stand „Madison, 10 Jahre", und Tiffany hob eine Hand für ein High-Five. „Toll gemacht, Madison!"

Madison klatschte mit einem Grinsen ihre Hand gegen Tiffanys. „Danke, Miss Tiffany! Können wir das nochmal machen? Ich glaube, beim nächsten Mal kann ich noch schneller sein."

Sie lächelte über die Begeisterung des Mädchens. „Aber wenn wir diesen Parcours nochmal machen, verpasst du die nächste Herausforderung."

Die Augen des Mädchens weiteten sich. „Es gibt noch eine?"

Ein kleiner Junge fragte: „Was ist es? Vielleicht kann ich Maddy ja darin schlagen."

Madison streckte die Zunge raus. „Das bezweifle ich. Du bist zu langsam, Landon.“

Tiffany lachte. „Heute ist ja erst der erste Tag. Glaubt mir, es gibt die ganze Woche über jede Menge zu tun. Aber denkt daran: Spaß zu haben ist das Wichtigste. Gewinnen ist nur ein Bonus.“

Eine vertraute Männerstimme sagte hinter ihr: „Sie haben noch nicht oft mit Drachenwandler-Kindern zu tun gehabt, oder?“

Sie wirbelte zu David herum und versuchte, nicht die Stirn zu runzeln, weil er sich an sie herangeschlichen hatte. Warum machte er das ständig? „Kann ich nicht sagen. Aber trotzdem, Spaß zu haben ist auch wichtig.“

„Als Mensch kann man das leicht sagen. Doch die inneren Drachen der meisten dieser Kleinen haben erst in den letzten paar Jahren angefangen, mit ihnen zu sprechen. Und glauben Sie mir, unsere inneren Tiere können am Anfang ganz schön fordernd sein.“

Sie hob die Augenbrauen. „Ich dachte, sie wären die ganze Zeit ziemlich fordernd, laut meiner Schwägerin.“

David lachte leise, und sein Gesicht entspannte sich. Er wirkte nicht nur jünger, sondern sah jetzt insgesamt einfach viel zu gut aus.

Natürlich sollte sie solche Dinge nicht bemerken. Er war der Clanführer, meist stoisch und ganz sicher nicht an ihr interessiert. Er wollte nur sicherstellen, dass die Veranstaltung gut lief. Ja, das war alles.

Und sie würde sich davon nicht beirren lassen.

Er antwortete: „Ja, das stimmt. Drachen sind bei bestimmten Dingen fordernd." Seine Pupillen blitzten, und sie fragte sich unwillkürlich, was sein inneres Tier gesagt hatte. Doch bevor sie auch nur daran denken konnte zu fragen, fuhr er fort: „Obwohl jeder Drachenwandler bis zu einem gewissen Grad von klein auf lernen muss, sie zu kontrollieren. Sonst können sie wild werden."

Und selbst sie hatte gelernt, dass wilde Drachen vom ADDA hingerichtet werden konnten, wenn sie den fraglichen Drachen als Bedrohung ansahen.

Da sie sich nicht mit der düsteren Seite seiner Worte auseinandersetzen wollte, bemühte sie sich, unbeschwert zu bleiben. Tiffany tippte sich ans Kinn und antwortete: „Nun, die menschliche Hälfte behält die Kontrolle, außer in ihrer Drachengestalt oder beim Gefährtenrausch, wie Gabby mir erzählt hat. Denn einen inneren Drachen während eines Rausches zu kontrollieren ist ziemlich unmöglich, oder?"

David erstarrte, und Tiffany widerstand einem Stirnrunzeln. Um ehrlich zu sein, wusste sie nicht, ob David zuvor eine wahre Gefährtin gehabt und sie verloren hatte, was seine Reaktion hätte erklären können. Alles, was sie wusste, war, was Wes ihr gesagt hatte, bevor sie zu der Veranstaltung aufgebrochen war – dass David Single war.

Warum er das getan hatte, wusste sie nicht. Es war eine seltsame Bemerkung gewesen. Doch sie wusste, dass Wes nicht verschlagen genug war, um nur für ein Bündnis eines seiner Clanmitglieder zu dem Anführer zu schubsen.

Da David immer noch kein Wort gesagt hatte, hob sie die Brauen. „Angst, zuzugeben, dass ich recht habe mit dem Rausch? Ich dachte nicht, dass Sie so leicht aufgeben würden."

Seine Pupillen blitzten ein paar Mal, aber sein Gesicht entspannte sich, und er zuckte mit den Schultern. „Sie haben recht. Aber der Rausch ist zum Genießen gedacht, nicht zum Fürchten. Drachen von klein auf zu verwöhnen, kann später zu Problemen führen. Und das Letzte, was Sie wollen, ist ein abtrünniger Drache, dessen menschliche Hälfte die Kontrolle nicht zurückerobern kann, was bedeutet, dass das ADDA ihn finden und abschießen wird."

Ja, das stimmte, und solche Vorfälle machten manchmal sogar Schlagzeilen. Aber das war nichts, worüber sie vor einer Gruppe kleiner Kinder sprechen wollte.

Außerdem wusste sie, als die Kinder ihren Saft und die Snacks verschlangen, dass sie sich wieder auf sie konzentrieren musste.

Obwohl sie sich aus irgendeinem Grund wünschte, sie könnte mehr mit David über das alles sprechen, über die Gerüchte in den Nachrichten und die Klatschgeschichten hinaus. Viele Leute in PineRock schlichen immer noch um sie herum. Sie erzählten ihr alles über den Rausch und was ihre Drachen sagten, tendierten aber dazu, ernstere

Themen wie die Liga und das ADDA im Allgemeinen zu meiden.

Bisher hatte David über alles geredet, was sie angesprochen hatte, ohne es abzutun.

Was zur Abwechslung ziemlich nett war.

Seth signalisierte, dass sie zur nächsten Station gehen mussten, also schob sie den Wunsch, länger mit David zu plaudern, beiseite und sagte: „Ich muss meinem Partner helfen, die Kinder für die nächste Aktivität vorzubereiten. Wenn Sie mir also nichts Wichtiges zu sagen haben, sollte ich gehen."

„Nein, es gibt nichts. Gehen Sie nur und helfen Sie Seth."

Sie studierte ihn kurz, bevor sie sich wieder den Kindern zuwandte. Und obwohl sie David den Rest des Tages nicht sah, hätte sie schwören können, seine Augen auf sich zu spüren.

Hör auf, paranoid zu sein. Wes vertraute David – und hatte ihr das auch so gesagt.

Es war nur ihr Kopf, der ihr Streiche spielte. Und so tat Tiffany ihr Bestes, den Clanführer aus ihrem Kopf zu bekommen und sich darauf zu konzentrieren, den Kindern so viel Spaß wie möglich zu bereiten. Besonders, da der nächste Tag etwas stressiger sein würde, angesichts der Tatsache, dass einige potenzielle Eltern kämen, um sie kennenzulernen und möglicherweise zu adoptieren.

Kapitel Vier

Am folgenden Abend richtete David seine Krawatte und das Jackett, bevor er den großen Raum betrat, in dem potenzielle Eltern und die Waisenkinder einander treffen würden.

Drachenwandler hassten formelle Kleidung, und David war da keine Ausnahme. Aber das ADDA half bei Adoptionen, und bei solchen Veranstaltungen wurde von jedem erwartet, dass er ordentlich gekleidet war.

Als ob gute Kleidung alles perfekt machen würde – so ein Schwachsinn!

Sein Drache schnaubte. *Die mögen nunmal ihre Regeln.*

Und doch wird sich jeder Einzelne in diesem Raum wegen der Regeln unwohl fühlen, vor allem die Kinder. Wie können sie sie selbst sein, wenn sie in so steife Klamotten gezwängt sind?

Dem stimme ich zu, aber da können wir nicht viel machen.

Da sein inneres Tier recht hatte, grunzte David innerlich und ging zu dem Tisch, an dem Megan und ein paar andere die Leute einchecken würden.

Er hatte gerade den Mund geöffnet, um zu fragen, ob alles bereit war, als Tiffany Ford den Raum betrat.

Sie trug ein schlichtes schwarzes Kleid, das den oberen Teil ihres Körpers umschmeichelte, bevor es an den Hüften ausgestellt wurde und knapp über ihren Knien endete. Ihr Haar war oben auf ihrem Kopf zu einer Art unordentlichem Dutt hochgesteckt, was nur ihre schönen Augen und ihren anmutigen Hals betonte.

Selbst ohne Spitze, Bänder oder was auch immer Kleider heutzutage zierte, war sie die schönste Frau, die er je gesehen hatte.

Oh, sie war immer hübsch. Aber heute Abend schien sie fast zu strahlen.

Und er fragte sich, warum.

Seine angeheiratete Cousine stupste mit einem Stift seinen Arm und murmelte: „Mach den Mund zu, sonst fliegen noch die Fliegen rein."

David schloss prompt den Mund und zwang sich, von Tiffany wegzusehen. Er fragte Megan: „Ist alles bereit?"

Seine angeheiratete Cousine hob die Brauen, da sie sich aber zweifellos der anderen in der Nähe bewusst war, ließ sie die Sache vorerst fallen. „Ja, alles ist bereit. Also hör auf, dir Sorgen zu machen. Justin kümmert sich um den organisatorischen Teil, also mach du einfach deinen Part, misch dich unter die Leute und versuch, ein bisschen charmant zu sein."

Megans neckender Ton brachte ihn dazu, etwas Kindisches tun zu wollen – wie die Zunge herausstrecken. Stattdessen grunzte er und murmelte: „Ich fange sofort an."

Sein Drache lachte. *Noch sind weder die Kinder noch die Gäste da.*

Er ignorierte sein Tier und konnte nicht anders, als zu Tiffany zu gehen. Sie hielt inne, die Kekse auf einem Teller zu arrangieren, um zu ihm aufzusehen.

Einen Moment lang starrten sie einander nur an, die Zeit stand still, fast so, als wäre sonst niemand im Raum.

Nachdem er sie am Vortag mit den Kindern gesehen und sie ihn wieder als Mann und nicht als Anführer behandelt hatte, hatte er davon geträumt, sie zu küssen, sie zu beanspruchen, sie seinen Namen schreien zu lassen, während sie um seinen Schwanz kam.

All die Dinge, die er nie haben konnte, von denen er aber nicht aufhören konnte zu träumen.

Tiffany sprach zuerst. „Sie sehen schick aus."

Er widerstand kaum dem Drang, an seiner Krawatte zu zerren und das verdammte Ding herunterzureißen. „Und Sie sehen aus wie eine Märchenprinzessin."

Kaum waren die Worte heraus, wollte er stöhnen. David war nicht der charmanteste aller

Männer, und doch hatte er etwas mehr sagen wollen, als wie hübsch sie war.

Tiffanys Mundwinkel zuckte nach oben, bevor sie ihre Röcke glattstrich und dann auf ihre Füße deutete. „Ich bin allerdings schlauer als eine Prinzessin. Ich werde keinen Schuh verlieren oder Probleme haben wegzulaufen, wenn ein Schurke auftaucht."

Er bemerkte ihre schwarz-weißen Schuhe, eine Art schicker aussehender Sneaker. Lächelnd sah er ihr erneut in die Augen. „Es ist nichts falsch an einer praktisch denkenden Prinzessin."

„Hm, aber ich denke, ich wäre lieber die Königin. Dann hätte ich das Sagen."

Sein Drache summte. *Sie könnte* unsere *Königin sein.*

Er konzentrierte sich auf Tiffany und nicht auf seinen Drachen. „Natürlich. Ich könnte Sie mir auch nicht als eine Prinzessin vorstellen, die herumsitzt, Schokolade isst und darauf wartet, dass jemand sie rettet."

Sie schnaubte. „Definitiv nicht. Besser noch: Vor kurzem war ich nicht die Königin, sondern die Ritterin. Ich habe immerhin meinem Bruder geholfen, seine Drachengefährtin zu finden."

Bevor er es überdenken konnte, platzte er heraus: „Aber was ist mit Ihnen?"

Sie blinzelte. „Wie bitte?"

„Ich meine, suchen Sie jetzt auch nach Ihrem? Einem Drachengefährten?"

Bevor sie antworten konnte, öffneten sich die

Türen, und die Kinder wurden zuerst hereingebracht. Tiffany beendete das Arrangieren der letzten Kekse, bevor sie lächelte. „Ich muss gehen und beim Bändigen helfen."

Er nickte, und sie ging, doch gehen konnte man das kaum nennen – sie schritt geradezu zu ihren Schützlingen, bereit, sie für die sicherlich für alle Beteiligten langen zwei Stunden in Schach zu halten.

Obwohl er sich fragte, ob ihre Eile zum Teil dadurch begründet war, dass sie so weit wie möglich von ihm wegkommen wollte, um seine Frage nicht beantworten zu müssen.

Nicht, dass er wirklich fassen konnte, dass er diese Frage überhaupt gestellt hatte.

Sein Drache meldete sich. *Ich denke, du hast gefragt, weil du die Antwort wissen wolltest.*

Es spielt keine Rolle, was sie sagt, Drache. Sie ist nicht dazu bestimmt, die unsere zu sein.

Das ist Blödsinn, und du weißt es. Aber ich denke ja eh nicht, dass du die Woche durchhältst, also bin ich nicht allzu besorgt.

Er widerstand einem Stirnrunzeln. *Ich bin nur nett zu ihr, wie ich es sollte.*

Richtig, red' dir das nur ein.

Während er noch versuchte, sich eine Möglichkeit auszudenken, den Streit zu gewinnen, kam Jon Bell, sein Hauptbeschützer für die Sicherheit, zu ihm und sagte, es sei Zeit, die Erwachsenen hereinzulassen.

Während er und Jon also ein paar letzte Details

besprachen, vergaß David seinen Patzer. Das Leben von mehr als einem Kind konnte an diesem Abend verändert werden, und er musste alles Mögliche tun, um einigen von ihnen bei der Suche nach einem neuen Zuhause zu helfen.

Was bedeutete, mit den Gästen zu sprechen und möglichst genau darauf zu achten, ob jemand von ihnen Warnsignale auslöste. Zugegeben, das ADDA und das Waisenhaus hatten sie überprüft, aber David wusste, dass das, was Leute in einem Interview oder auf dem Papier sagten, in der Realität nicht immer mit ihnen übereinstimmte.

Er würde eine zusätzliche Schutzschicht sein, und das bedeutete, Tiffany und ihre schönen haselnussbraunen Augen zu vergessen.

Nun, zumindest für die nächsten zwei Stunden. Er war sich nicht so sicher, ob er sie ganz vergessen könnte.

TIFFANY WAR SO BESCHÄFTIGT DAMIT, Kinder zu den richtigen Bereichen zu bringen – kleinen Tischen, die an den Rändern des Raums aufgestellt waren, mit durchsichtigen Plastikbarrieren, die als Wände für ein wenig Privatsphäre dienten –, dass sie kaum einen Moment hatte, an etwas anderes zu denken.

Aber als sie sah, dass ihr letzter Schützling, Madison, mit dem Paar vor sich sprach, hatte Tiffany nichts anderes zu tun, als herumzulaufen und gelegentlich nach den Kindern zu sehen.

Was bedeutete, dass ihr Geist endlich die Gelegenheit hatte, zu ihrem Gespräch mit David zurückzuwandern und zu dem, was er sie gefragt hatte: *„Ich meine, suchen Sie auch nach Ihrem? Einem Drachengefährten?"*

Warum hatte er sie das gefragt? Er versuchte doch sicher nicht, herauszufinden, ob sie ihn überhaupt als möglichen Gefährten in Betracht zog.

Oder doch?

Sie hatte keine verdammte Ahnung.

Aber während sie beobachtete, wie er einen kleinen abgetrennten Bereich verließ und einen anderen betrat, um mit den potenziellen Eltern und dem Kind ihnen gegenüber zu plaudern, beschloss sie, seine seltsame Frage zu ignorieren und sich stattdessen darauf zu konzentrieren, ihn zu beobachten, um besser für ihren Bericht zu recherchieren.

Und während sie an einem Keks knabberte, sah sie, wie er sich an die offene Seite des Tisches setzte, mit dem Paar auf einer Seite und dem Kind auf der anderen, und sein Bestes tat, mit ihnen allen zu plaudern.

Im Laufe des letzten Tages hatte Tiffany entdeckt, dass der sechsjährige Junge an Davids Seite einer der schüchterneren war. Selbst jetzt ließ er weiter seine Beine baumeln und blickte auf den Tisch. David sagte etwas, und der Kopf des Jungen zuckte hoch. Einer der potenziellen Väter – die zwei Drachenmänner hofften, endlich ein eigenes Kind zu haben – stellte eine Frage, und der kleine Drachenjunge begann, loszuplappern.

Bald lächelten und lachten die beiden Männer und der Junge, und nicht lange danach verließ David den behelfsmäßigen Raum, um zum nächsten zu gehen.

Auch wenn der Drachenführer bei ihr heiß und kalt zu sein schien, ganz zu schweigen davon, dass er manchmal ziemlich einschüchternd sein konnte, begann Tiffany zu verstehen, warum er seit ungefähr einem Jahrzehnt Clanführer war. David war gut darin, Leute miteinander ins Gespräch zu bringen, auch wenn er selbst wenig sagte.

Zweifellos half das bei der Schlichtung von Clanstreitigkeiten oder der Arbeit mit dem American Department of Dragon Affairs.

Aber sie fragte sich immer noch, wie er war, wenn die Augen des Clans nicht auf ihm ruhten. Entspannte er sich? Tat er jemals etwas einfach, weil er es wollte und nicht, weil es seinem Volk helfen würde?

Selbst wenn sie ihn die ganze Woche beobachtete, war Tiffany nicht ganz sicher, ob sie das herausfinden würde, es sei denn, sie würde ihn bei ihm zu Hause in die Ecke drängen oder so.

Was sie ganz sicher nicht tun sollte – nein, nicht tun würde.

Etwas erregte ihre Aufmerksamkeit auf der anderen Seite des Raums und lenkte ihre Gedanken ab. Sie bemerkte, wie die kleine Madison, die einem Mann und einer Frau gegenübersaß, ihren Stuhl zurückschob, bis er die Plastikbarriere traf. Sie wackelte nicht – sie waren gesichert, um das zu verhindern –, aber sie konnte sehen, wie Madison versuchte, noch weiter wegzurücken.

Etwas stimmte nicht.

Ohne darüber nachzudenken, ging sie hinüber und steckte ihren Kopf hinein, ein falsches Lächeln im Gesicht. „Wie sieht's mit Getränken aus? Soll ich Ihnen noch etwas bringen?"

Sie warf einen Blick auf Madison, und bei der Angst in den Augen des kleinen Mädchens wurde Tiffanys Instinkt bestätigt – etwas war passiert. Das Gefühl verstärkte sich, als die Frau kühl sagte: „Nein, wir haben genug, danke. Wenn Sie uns jetzt entschuldigen, wir versuchen, die kleine Madison hier kennenzulernen."

Madison streckte die Hand aus und griff nach Tiffanys. Auch ohne Worte wusste sie, dass das kleine Mädchen nicht mit dem Paar allein gelassen werden wollte.

Ein schneller Blick zeigte Tiffany, dass der Mann ein gefährliches Glitzern in den Augen hatte, als er das kleine Drachenmädchen anstarrte, als wartete er auf eine besondere Leckerei.

Es jagte ihr einen Schauer über den Rücken.

Und die Frau sah ihren Mann liebevoll an, als würde sie alles für ihn tun. Sie hätte alles, was sie besaß, darauf gesetzt, dass, was auch immer der Mann vorhatte, die Frau mit von der Partie war.

Das mulmige Gefühl in ihrem Magen sagte ihr, dass, egal welche Überprüfungen durchgeführt worden waren, sie versagt hatten. Vielleicht hatte das Paar seine wahren Absichten verbergen können, als sie nur mit Erwachsenen gesprochen hatten. Aber offensichtlich konnte der kranke Mistkerl das nicht in der Anwesenheit eines kleinen Mädchens.

Gerade als Tiffany versuchte, einen Weg zu finden, Madison da rauszubekommen, ohne eine Szene zu machen, erschien David an ihrer Seite. Er begegnete kurz ihrem Blick, seine Pupillen blitzten zu Schlitzen und zurück, und Tiffany versuchte, ihm ohne Worte von dem Unbehagen in ihrem Bauch zu erzählen.

Sie hatte keine Ahnung, ob es funktionierte oder nicht. Aber im nächsten Moment sagte David ruhig: „Ich denke, es ist Zeit für Ihr Interview mit mir, Mr. und Mrs. Dunn. Miss Ford, können Sie Maddy ins Spielzimmer bringen, damit wir uns hier privat unterhalten können?"

Es war kein Spielzimmer für den Abend eingerichtet, und sie dachte auch nicht, dass es irgendeine Art von Einzelgesprächen gab.

Aber Tiffany war nicht dumm. David hatte entweder ihre stille Botschaft verstanden oder dasselbe wie sie bei dem Mann bemerkt.

Sie nickte und zog Madison vorsichtig hoch und hinter sich. „Komm, Maddy."

Das Paar protestierte, aber Tiffany ging ohne einen weiteren Blick und zog Madison aus dem Hauptraum in einen kleinen Raum, der in der Woche für einige Bastelaktivitäten genutzt wurde.

Drinnen umarmte das kleine Mädchen sie.

„Danke, dass Sie mich nicht zurückgelassen haben, Miss Tiffany!"

Sie strich über das Haar des Mädchens, um es zu beruhigen. Vorsichtig fragte sie: „Was hat dich so erschreckt, Maddy?" Als das Mädchen nichts sagte, ging sie in die Hocke, bis sie auf Augenhöhe war. „Sag es mir, Madison. Es ist okay."

Madisons Pupillen blitzten ein paar Mal zwischen Schlitzen und rund hin und her, bevor sie herausplatzte: „Sie s-sagten, ich soll es nicht, oder ich würde nie adoptiert werden."

Die Tränen in den Augen des kleinen Mädchens brachen Tiffany das Herz. Laut ihrer Akte war das kleine Mädchen ohne auch nur eine Notiz über ihre wahren Eltern von ihrer menschlichen Mutter verlassen worden, die etwas mit einem Drachenmann gehabt hatte. Zweifellos hatte Madison jahrelang davon geträumt, adoptiert zu werden und eine Familie zu haben.

Etwas, das das manipulative Paar zweifellos gewusst und ausgenutzt hatte.

Trotz ihres innerlich brodelnden Zorns gelang es Tiffany irgendwie, ihre Stimme fest, aber sanft zu halten. „Das ist eine Lüge, Maddy. Du bist etwas Besonderes, und du wirst die richtige Familie finden. Das weiß ich." Sie schob eine Haarsträhne hinter Madisons Ohren. „Jetzt erzähl mir, was passiert ist. Ich verspreche, du bekommst keine Schwierigkeiten."

Mit viel Überredung und Pausen, damit

Madison zu Atem kommen konnte, fasste sie Tiffany alles zusammen.

Der Mann hatte gefragt, ob sie es mochte, ihr Bad zu teilen, weil er ihr sehr gern beim Waschen helfen würde. Als sie gesagt hatte, sie sei zu alt dafür, hatte die Frau gesagt, nein, natürlich nicht. Und es sei nicht richtig, einem Vater Nein zu sagen. Sie sollte gefälligst dankbar sein und alles tun, was der Mann von ihr verlangte.

Auch manchmal ihr Bett teilen, um zu kuscheln und zu knuddeln.

Tiffany wusste, dass es nicht um irgendein verdammtes Knuddeln ging.

Und wenn sie den Mistkerl noch einmal sehen würde, würde sie auf all ihr Selbstverteidigungstraining, das sie in den Monaten seit ihrem Umzug nach PineRock von den Drachenwandlern gelernt hatte, zurückgreifen und ihm in den Hintern treten.

Nachdem sie Madison überzeugt hatte, dass es richtig gewesen war, Angst zu haben, und dass sie mit Mr. Lee und den anderen sprechen würde, hatte sich das Mädchen beruhigt. Tiffany hatte Madison dazu gebracht, etwas zu malen, während sie warteten. Schließlich kamen David und seine angeheiratete Cousine Megan herein.

An dem Zorn in Davids Augen erkannte sie, dass er höchstwahrscheinlich herausgefunden – oder zumindest gespürt – hatte, was passiert war.

Megan war diejenige, die sich neben Madison hockte und sagte: „Wenn es okay ist, möchtest du heute Nacht bei mir zu Hause schlafen? Ich habe drei kleine Jungs, die etwas anstrengend sind, aber gern mit anderen spielen, auch mit Mädchen. Du wirst dein eigenes Bett haben, und ich bin mir sicher, dass sogar der Kater mit dir kuscheln wollen wird. Was sagst du?"

Madison blickte zu Tiffany, und sie nickte ermutigend. „Du solltest gehen. Miss Megan ist wirklich nett, und ich würde schon allein gehen, um den Kater zu sehen. Es heißt, dass er wirklich flauschig ist."

Megan lächelte und nickte. „Das ist er. Wenn du seinen Bauch streichelst, wird er dich für immer lieben."

Madison biss sich auf die Lippe und sagte: „Ich liebe Kätzchen. Wie heißt er?"

Megan antwortete: „Er heißt Mischief, also Unfug. Ich weiß, es ist seltsam, aber es passt zu ihm. Na, was sagst du? Möchtest du ihn kennenlernen? Und vielleicht haben wir morgen früh sogar Pfannkuchen zum Frühstück, wenn du magst."

„Mit Schokostückchen?", fragte Madison schüchtern.

Mit einem riesigen Lächeln sagte die Drachenfrau: „Wie sonst?" Sie streckte ihre Hand aus. „Also, was sagst du, Madison?"

Das kleine Drachenmädchen legte schließlich seine kleine Hand in Megans. Doch Madison sah Tiffany an und fragte: „Ich sehe Sie morgen, Miss Tiffany, richtig?"

Sie lächelte. „Natürlich. Wir haben immer noch

das Staffelrennen vor uns, und ich bin gespannt, ob du Landon wieder schlagen kannst."

Ihre Pupillen blitzten. „Ich werde gewinnen. Sie werden sehen."

Megan fragte Madison sanft nach ihren Rennen und brachte sie schließlich aus der Tür. Sobald sie allein waren, murmelte Tiffany: „Danke, dass Sie verstanden und da draußen geholfen haben."

Als Davids Pupillen schnell blitzten, konnte sie seine Stimmung nicht ganz einschätzen. Doch sie wich nicht zurück. Sie dachte zwar nicht, dass er wütend auf sie war, aber sie hatte ihre Befugnisse etwas überschritten.

Und sie würde es wieder tun, wenn es nötig wäre, um ein Kind zu schützen.

Sie stand aufrecht da und wartete, was er sagen würde.

DAVID WAR über alle Maßen wütend.

Auf das ADDA, auf das Versagen mehrfacher Überprüfungen und sogar auf sich selbst, weil er den verdammten Perversen nicht früher bemerkt hatte.

Darüber hinaus hatte Tiffany mit dem Mistkerl und seiner unterwürfigen Gefährtin allein fertig werden müssen.

Auch wenn er nicht dachte, dass sie Tiffany in einem Raum voller Leute etwas angetan hätten, war sie der Gefahr so nahe gewesen. Nach dem

Gespräch mit dem Paar hätte es ihn nicht überrascht, wenn die gestörte Frau Tiffany getötet hätte, um ihrem Mann zu gefallen.

Sein Drache meldete sich. *Sie ist in Ordnung und hat es gut gemacht. Warum kannst du das nicht sehen?*

Weil es nur zeigt, dass selbst mit mir zu sprechen Ärger aufwirbelt. Sie muss sich ganz sicher von mir fernhalten.

Sei nicht so verdammt dumm! Das hat nichts mit der Vergangenheit oder den Tragödien zu tun.

Vielleicht würde er das später, wenn er nicht mehr wütend war, erkennen.

Aber im Moment, während er Tiffany anstarrte, wie sie so aufrecht dastand und ihr Kinn ein Stück hob, konnte er nur daran denken, dass das Paar sie verletzt hätte. Vielleicht sogar getötet.

Und bei diesem Gedanken schmerzte sein Herz. Er hätte fast seine Hand darübergelegt, um den Schmerz zu lindern.

Sein Drache knurrte. *Hör auf mit der Selbstgeißelung, und sprich endlich mit ihr. Sie sieht aus, als wollten wir sie gleich zurechtweisen, was so gar nicht der Wahrheit entspricht. Lass sie zumindest wissen, dass sie nicht in Schwierigkeiten ist.*

Bei den Worten seines Tieres verblasste sein Zorn ein wenig. Er wollte sie schützen, nicht erschrecken. Er räusperte sich und sagte: „Ich bin derjenige, der Ihnen danken sollte. Scheinbar hat Ihre Beobachtungsgabe heute Abend ein kleines Mädchen gerettet."

Sie blinzelte, und ihre Haltung entspannte sich ein wenig, bevor sie mit einer Hand abwinkte. „Ich brauche keinen Dank. Sagen Sie mir nur, dass dieser Mistkerl gemeldet wird."

Er nickte. „Jon sperrt das Paar gerade ein und ruft das ADDA an. Da das Paar aus einem Clan in Utah kommt, habe ich keine Autorität über sie. Und wenn ich sie hätte, wäre es nicht schön."

Sie nickte. „Ich bedauere nur, dass ich ihm nicht in den Hintern treten und ihm zeigen kann, was jemand von seiner Größe mit ihm anstellen kann."

Mit dem Feuer, das in ihren Augen loderte, konnte er nicht anders, als sie zu bewundern. Auch wenn sie ein Mensch war und gegenüber einem Paar Drachenwandler stark im Nachteil, blinzelte sie nicht bei dem Versuch, es mit ihnen aufzunehmen.

Sie war ganz sicher keine wehrlose Prinzessin, die darauf wartete, dass jemand sie rettete.

Da er ein wenig Leichtigkeit brauchte, um sein Verlangen zu kontrollieren, den Mistkerl, der jetzt eingesperrt war, zu töten, sagte er: „Ich hatte Unrecht, als ich Sie eine Prinzessin oder eine Königin genannt habe. Sie sind definitiv die Ritterin, bereit, alles anzugehen, um die zu schützen, die es brauchen."

Ein Teil der Spannung verließ ihren Körper, und sie lächelte fast. „Ich sage immer noch, dass ich eine Königin bin, aber eine, die auch in den Hintern treten kann. Und in der Fantasie würde ich vielleicht sogar lernen, ein Schwert oder einen Dolch zu benutzen."

David lächelte bei der Vorstellung, wie sie von

einem Thron sprang, um einem Mistkerl auf die Kehle zu schlagen, bevor sie ihm in die Eier trat.

Und das alles, während sie ein enges Lederoutfit trug, Dolche an ihre Taille geschnallt und ihr langes Haar mit dem Kamm hochgesteckt, den seine Urgroßmutter aus China mitgebracht hatte.

Er widerstand einem Stirnrunzeln. Nein, nicht der Kamm. Das war etwas, das er seiner Gefährtin geben würde, und Tiffany war das nicht.

Sein Drache sagte: *Sie könnte es aber sein. Tiffany erweckt den Eindruck, als könnte sie alles bewältigen. Wer weiß, was Wes ihr beigebracht hat. Wir könnten ihr zusätzliche Techniken beibringen, damit sie sich noch besser verteidigen kann.*

Der Gedanke an Wes Dalton, der hinter Tiffany stand und ihre Haltung korrigierte, ließ einen Hauch von Eifersucht durch ihn tanzen.

Was verdammt dumm war. Wes hatte seine eigene Gefährtin, eine Frau, die sich wahrscheinlich mit jedem anlegen würde, der versuchte, ihr ihren Gefährten wegzunehmen.

Als David sich wieder auf die Worte seines Tieres konzentrierte, dachte er, dass sein Drache glaubte, Tiffany könne mit allem fertigwerden, was StoneRiver gegenüberstand.

David begann, dasselbe zu denken.

Doch er würde jetzt nicht darauf herumreiten. Sowohl er als auch Tiffany mussten zurück in den Hauptraum und ihr Bestes tun, um ihre Aufgaben für den Abend zu beenden. Trotz allem, was mit Madison passiert war, wusste David, dass es eine

Ausnahme war. Die meisten Paare suchten wirklich ein Kind, das sie großziehen und lieben konnten. Sowohl Mann als auch Tier hatten gespürt, wie die meisten Erwachsenen und Kinder sich danach sehnten, einander zu finden – eine Familie zu haben.

Etwas, von dem David nicht dachte, dass er es je haben würde, aber langsam zu glauben begann, dass es möglich sein könnte.

Sein Drache murmelte: *Wurde auch verdammt nochmal Zeit!*

Er ignorierte sein Tier und streckte einen Arm aus. „Wir sollten zu den anderen zurück. Und vielleicht können Sie mir sagen, was Ihnen sonst noch aufgefallen ist, bevor ich meine Interviews fortsetze? Wenn etwas nicht stimmt, irgendwas, will ich, dass Sie es mir sagen."

Falls sie über seinen plötzlichen Themenwechsel überrascht war, zeigte sie es nicht. „Ich denke nicht, dass jemand anderes genauso unheimlich wirkt. Einzelne Paare passen nicht, denke ich. Aber nicht, weil sie perverse Mistkerle sind."

Seine Lippen zuckten über ihre Wortwahl – ihre direkte Art war irgendwie liebenswert – und bewegte erneut einladend seinen Arm. „Dann erzählen Sie es mir auf dem Weg. Sobald wir im Hauptraum sind, gehen wir extra langsam, nur um sicherzustellen, dass Sie Zeit haben, mir alles zu sagen."

Einen Moment später schob sie ihren Arm durch seinen und nickte. „Okay."

Bei der Wärme ihres Arms gegen seinen wollte David sie an sich ziehen und mehr von ihrem weicheren Körper an seinem spüren.

Viel mehr.

Aber er schob den Gedanken beiseite und konzentrierte sich stattdessen auf Tiffanys Beobachtungen. Heute Abend ging es um die Kinder.

Obwohl er sich nicht so sicher war, ob er am Morgen den Abstand zu der Menschenfrau würde wahren können.

Was ein Problem sein konnte, da seine Entschlossenheit, ihr zu widerstehen, mit jeder Minute schwächer wurde.

Kapitel Fünf

Am folgenden Tag gelang es Tiffany irgendwie, die Kinder zu unterhalten und zu verbergen, wie müde sie war.

Sie hatte nicht geschlafen, und das nicht nur, weil es mit Madison so knapp gewesen war. Das Drachenmädchen war bei Megan und ihrem Gefährten, und Tiffany mochte es nicht, über Was-wäre-wenn-Szenarien der Vergangenheit nachzudenken. Madison war sicher; das war alles, was zählte.

Nein, die schlaflose Nacht hatte sie David zu verdanken.

Er hatte sich alles, was sie gesagt hatte, interessiert angehört, klärende Fragen gestellt und ihr von seinen eigenen Beobachtungen erzählt. Auf seltsame Weise hatte die Sache mit Madison sie fast zu einem richtigen … Team gemacht.

Und obwohl es seltsam war, das zu denken, war es der Moment gewesen, als er ihr eine gute

Nacht gewünscht hatte, der sie wachgehalten hatte.

Sie waren allein in einem Korridor gewesen. Er hatte zu ihr hinabgeblickt, und sie hätte schwören können, dass Hitze in seinen Augen aufgeblitzt war.

Aber die Intensität war verschwunden, bevor sie auch nur hatte blinzeln können, und er war zurückgetreten, zu seiner verdammten Förmlichkeit zurückgekehrt und ihr eine gute Nacht gewünscht. Als einige ihrer Mitfreiwilligen sie mit sich zogen, hatte sie eine weitere Gelegenheit verpasst, ihn auf seine seltsame Frage nach einem Drachengefährten anzusprechen.

Die ganze Nacht hindurch hatte sie überlegt, ob seine Frage einen Grund gehabt hatte. Nämlich: weil sie seine wahre Gefährtin war?

Aber sie hatte schließlich entschieden, dass das nicht sein konnte. Die wahre Gefährtin zu finden, sollte für einen Drachenwandler ein Segen sein – so hatte man ihr das jedenfalls verkauft. Die meisten konnten es kaum erwarten, eine solche Verbindung einzugehen, geschweige denn, die gute Nachricht überall herumzuerzählen.

Hauptsächlich, weil ein Kuss mit einer wahren Gefährtin einen Gefährtenrausch auslösen würde, der erst aufhörte, wenn die Frau schwanger war. Und den Partner zu warnen war normalerweise eine gute Idee, um versehentliche Küsse zu vermeiden.

David schien super verantwortungsbewusst, so sehr, dass er sie wahrscheinlich sofort gewarnt hätte.

Und sie war sich nicht sicher, wie sie dabei empfand, dass die Wahre-Gefährtin-Option vom Tisch war. In romantischen Dingen hatte sie nie Glück mit Männern gehabt, und zumindest bei wahren Gefährten bedeutete es normalerweise die beste Chance des Drachen auf Glück.

Das waren die Chancen, die Tiffany sich wünschte, wenn sie es mit jemandem versuchen würde.

Natürlich war es durchaus möglich, dass sie nicht die wahre Gefährtin irgendeines Drachenwandlers war. Nur weil sie es sich heimlich wünschte, bedeutete das nicht, dass es passieren würde.

Als sie die letzten Sachen des Tages aufgeräumt hatte und gerade dabei war, in ihr Zimmer zu gehen, um sich vor dem Abendessen frisch zu machen, kam Megan Lee auf sie zu.

Lächelnd winkte Tiffany und ging der größeren Drachenfrau entgegen. Megan sprach zuerst. „Ich bin froh, dass ich Sie erwischt habe. Möchten Sie zum Abendessen zu mir nach Hause kommen? Maddy wird die ganze Woche bei uns bleiben, und sie hat mich und Justin angefleht, Sie auch einzuladen."

Sie sah Megan in die Augen. „Also geht es ihr gut?"

Die Drachenfrau nickte. „Ich denke, mit meinem sechsjährigen Sohn Andy und dem Kater hat sie fast alles andere vergessen. Maddy spielt offensichtlich gern die Rolle der großen Schwester."

Sie senkte ihre Stimme. „Und es war irgendwie nett. Nicht, dass ich ihr die Verantwortung überlasse oder so, aber Andy scheint auf sie zu hören. Ich denke, es liegt daran, dass ihr Drache mit ihr spricht und seiner noch nicht. Und so stellt er ständig Fragen, wie er sein Tier dazu bringen kann, mit ihm zu reden."

Ihre Brauen zogen sich zusammen. „Funktioniert das so? Muss man ihn herauslocken?"

Megan sah sie einen Moment seltsam an, bevor sie langsam fragte: „Haben Wes und die anderen Ihnen nicht ein paar Bücher über Drachenwandler-Grundlagen gegeben?"

Das hatten sie, aber Lesen stand nicht gerade ganz oben auf ihrer Liste von Spaßaktivitäten. Und anscheinend machten Drachenwandler auch keine Hörbuchversionen, über die sie normalerweise das Lesen genoss. „Äh, doch. Aber ich war super beschäftigt damit, Gaby und Ryan mit ihrem Baby zu helfen und für Tasha zu arbeiten. Ich bin normalerweise abends zu müde zum Lesen."

Megan zuckte mit den Schultern. „Nun, der innere Drache ist die ersten sechs oder sieben Jahre still, versteckt sich in einem Teilbereich des Kopfes. Sobald er endlich auftaucht und spricht, beginnt der Ärger, da das Kind lernen muss, die zweite Persönlichkeit in seinem Kopf zu kontrollieren. Normalerweise versucht die Drachenhälfte am Anfang, die menschliche zu dominieren."

„Interessant", murmelte sie. „Aber wie schafft es der verborgene Drache, eine stärkere Persönlichkeit zu erlangen, frage ich mich. Weil sie wild sind oder so?"

Megan lächelte. „Ich denke, Sie brauchen definitiv ein paar Minilektionen, um auf den neuesten Stand zu kommen, Tiffany. Also ist es entschieden – Sie kommen zum Abendessen, und ein Nein akzeptiere ich nicht. Mit mir, Justin, den Kindern und David wird Ihnen eine beträchtliche Wissensquelle zur Verfügung stehen."

Sie versuchte, beiläufig zu klingen, als sie fragte: „David wird da sein?"

Megan musterte sie einen Moment. „Er ist der Cousin meines Mannes – obwohl, um ehrlich zu sein, würde ich sie eher Brüder als Cousins nennen –, und er kommt oft vorbei. David könnte nicht kochen, selbst wenn sein Leben davon abhinge, aber ich lasse ihn nicht verhungern."

Sie lächelte bei der Vorstellung, wie Megan um David herumwuselte und ihn zum Essen zwang. „Ich habe was Ähnliches für meinen Bruder getan, nachdem seine Frau ihn verlassen hatte."

Kaum waren die Worte heraus, trat sie sich innerlich in den Hintern. Sie sprach mit niemandem über diese Zeit. Hauptsächlich, weil Ryan ein totales Chaos war, und sie wollte seine Privatsphäre nicht verletzen.

Megan schenkte ihr einen verständnisvollen Blick, der von einer Art Vergangenheit zeugte, als sie sagte: „Wir tun, was wir müssen, um unseren Brüdern zu helfen, nicht wahr?" Sie deutete auf den Außenbereich der Aktivitäten. „Ist alles aufgeräumt, oder brauchen Sie Hilfe?"

„Nein, ich bin fertig. Ich hoffe nur, ich habe genug Zeit, um zu duschen und mich vor dem Abendessen umzuziehen."

„Natürlich." Megan erklärte ihr den Weg zu ihrem Haus und fügte hinzu: „Ich lasse Jon und die anderen wissen, dass Sie kommen, also machen Sie sich keine Sorgen, von der Sicherheit aufgehalten zu werden. Bis nachher!"

Tiffany rannte zurück in ihr Zimmer, um sich frisch zu machen. Es war eine Ehre, auf das Land eines Drachenclans eingeladen zu werden, und sie würde diese Gelegenheit nicht verpassen. Alle Freiwilligen wohnten direkt außerhalb des umzäunten Hauptbereichs von StoneRiver und durften StoneRiver selbst erst am letzten Abend betreten, zur Abschiedsparty.

Doch während sie sich beeilte, sich fertig zu machen, war es mehr, als dass sie StoneRiver zu sehen bekommen würde, was ihr Herz schneller schlagen ließ. Sie würde nicht nur Antworten auf einige der Fragen bekommen, die sie immer vergaß, der Gefährtin ihres Bruders zu stellen, sondern sie würde auch David sehen.

Ein Teil von ihr wollte, dass er wieder kühl und distanziert war, damit sie aufhören würde, an ihn zu denken.

Und doch wollte die andere Hälfte, dass er sie wie am Vorabend behandelte, wie eine Gleichgestellte und Vertraute.

Nun, und sie hätte auch nichts gegen ein paar heiße Blicke einzuwenden, damit sie wüsste, ob sie eine Närrin war, was den Drachenführer anging oder nicht.

Aber sie würde nichts davon wissen, bis sie dort war. Also ging sie nach einem letzten Blick in den Spiegel so schnell wie möglich in Richtung der Haupttore von StoneRiver los.

DAVID WAR GERADE DABEI, bei irgendeinem Kinderspiel gegen seinen sechsjährigen Ehrenneffen und die zehnjährige Madison zu verlieren – haushoch –, als Megan den Raum betrat, Tiffany direkt hinter ihr.

Er hätte aufstehen sollen, um sie zu begrüßen, aber alles, was er tun konnte, war, die Menschenfrau anzustarren.

Tiffany trug ein enganliegendes schwarzes Tanktop, eine blaue Jeans und schwarze Stiefel, und das lange Haar floss ihren Rücken hinunter. Die Kleidung war schlicht, und doch umschmeichelte sie jede Kurve ihres Körpers, von ihren herrlich runden Hüften – und dem, das wusste er von ihrer Sportkleidung, perfekt prallen Po – bis zu ihren kleinen Brüsten.

Er hatte sie schon einmal so gekleidet gesehen, vor Monaten bei einer Veranstaltung in Tashas Bar und Restaurant, aber er hatte es irgendwie geschafft, das zu vergessen.

Sein Drache meldete sich. *Ich habe es nicht vergessen. Stell dir vor, sie zu ficken, wenn sie nur ihre Stiefel trägt.*

David bemühte sich, sich das nicht vorzustellen, scheiterte aber.

Tiffany, die auf dem Schreibtisch in seinem Büro saß, ihre Schenkel weit gespreizt, während sie ihre feuchte Pussy streichelte, und darauf wartete, dass er kam, um sie zu beanspruchen.

Und dabei trug sie nur ein Paar hohe schwarze Stiefel und ein kleines Tattoo auf ihrer Hüfte.

Als ob er wüsste, ob sie ein Tattoo hatte oder nicht.

Er musste sich einen Moment sammeln, um keinen Ständer zu bekommen

Madison stieß seinen Arm an. „Geht's Ihnen gut, Mr. David?"

Als er den Mund schloss und sich daran erinnerte, dass er in der Anwesenheit von Kindern war, zähmte er seine Libido, stand auf und sagte: „Mir geht's gut. Ich habe nur an etwas gedacht."

Megan verdrehte die Augen, aber er ignorierte sie, um zu Tiffany zu gehen. „Ich wusste nicht, dass Sie heute Abend hier sein würden."

Sie hob eine Augenbraue. „Megan hat mich eingeladen, also bin ich gekommen."

Sein Tier schnaubte. *Ich würde sie gern ein paar Mal mit nichts als unserer Zunge kommen lassen.*

Er ignorierte sein Tier und räusperte sich. Da es eine Katastrophe wäre, charmant zu ihr zu sein, fragte er: „Was halten Sie von StoneRiver?"

Aus dem Augenwinkel bemerkte er, wie Megan seufzte und nach oben blickte. Zweifellos wünschte sie, er wäre mehr wie ihr Gefährte Justin, der für fast jeden ein Lächeln und Lachen hatte, ohne sich auch nur bemühen zu müssen.

Tiffany lächelte. „Es scheint nett, nicht viel anders als PineRock, wenn ich ehrlich bin − viele Hügel, Berge und Häuser. Obwohl ich auf dem Weg herein eine riesige Kletterwand bemerkt habe, die wir nicht haben."

Er fragte schnell: „Klettern Sie gern?"

Sie zuckte mit den Schultern, und er bemerkte ganz sicher nicht, wie ihre Brüste hüpften. Nein, das tat er nicht.

Sein Drache lachte nur.

Sie antwortete: „Nicht in den Bergen oder so, aber die Wand sieht nach Spaß aus. Wenn das bei meiner freiwilligen Arbeit noch nicht offensichtlich ist: Ich bin gern aktiv."

Sein Drache schnurrte: *Das könnte arrangiert werden.*

Bevor er sich stoppen konnte, platzte er heraus: „Dann sollten wir vielleicht die Wand ausprobieren und um die Wette klettern."

Sie hob die Brauen. „Aber Sie haben es wahrscheinlich schon millionenfach gemacht, also wäre das nicht fair."

Er schüttelte den Kopf. „Ich bin seit meiner Kindheit nicht mehr da hochgeklettert. Und ich könnte Ihnen einen Vorsprung geben, um die Chancen auszugleichen."

Sie starrte ihn an, als wäre er ein wenig verrückt. Nicht, dass er ihr das übel nehmen konnte. Wer platzte plötzlich mit der Herausforderung heraus, eine Kletterwand zu erklimmen?

Aber obwohl er sich nicht darum scheren sollte, wollte er sie mit etwas anderem beeindrucken als mit der Schlichtung von Clanstreitigkeiten oder anderem bürokratischem Mist.

Ganz zu schweigen davon, dass es definitiv ein Bonus wäre, ihre geröteten Wangen danach zu sehen. Ebenso wie ihren Po zu beobachten, während sie ihren Vorsprung nutzte.

Madison sagte: „Das würde ich gern sehen! Sie wären so toll, Miss Tiffany! Ich wette, Sie könnten Mr. David schlagen, auch wenn er ein Drache ist und Sie nicht."

Ihr Blick ging endlich zu dem Drachenmädchen. „Hm, es wäre cool, gegen ihn zu gewinnen, oder?" Sie begegnete wieder seinem Blick, Belustigung tanzte in ihren Augen. „Besonders, wenn es einen Wetteinsatz gibt."

Sein Drache schnaubte. *Ich mag diese Idee auch. Unser Lohn könnte sein, ihre Pussy mit unserer Zunge zu lecken.*

Megan warf ein: „Das Abendessen ist erst in einer Stunde oder so fertig, und ich habe ein paar Klamotten, die Tiffany tragen könnte. Ihr zwei könntet gehen, und ich halte hier mit den Kindern die Stellung."

Madison sagte: „Aber Miss Megan, ich will das Wettklettern doch sehen!"

Andy, Megans Sohn, sagte: „Ich auch, Mom."

Megan schüttelte den Kopf. „Nein, ich denke, es ist besser, wenn sie diesmal allein gehen. Ich will nicht, dass ihr zwei auf irgendwelche Ideen kommt." Sie richtet ihren Blick auf David, und ihre Pupillen blitzten, bevor sie fragte: „Also, was meint ihr?" Sie richtete ihre Augen auf die Menschenfrau. „Soll ich ein paar Sachen für dich zum Umziehen holen, Tiffany?"

Während er in Tiffanys Augen starrte, hielt er den Atem an.

Er wollte, dass sie Ja sagte. Auch wenn seine Cousine versuchte, sie zu verkuppeln, ihn zu überzeugen, der Frau eine Chance zu geben, war es ihm egal.

David hatte seit sehr, sehr langer Zeit nichts Lustiges gemacht, und jetzt konnte er an nichts anderes denken als daran, gegen Tiffany anzutreten, sie vielleicht absichtlich zu necken, um zuerst oben an der Wand anzukommen.

Selbst wenn dies möglicherweise die einzige Erinnerung an sie war, wie sie beide allein Spaß hatten, er würde es nehmen.

Sie grinste schließlich. „Ich sage: Machen wir es! Und wir können auf dem Weg den Wetteinsatz besprechen."

Sein Drache grunzte. *Gut. Nun, ich habe ein paar Ideen für den Wetteinsatz …*

Während sein Tier eine Reihe von Dingen aufzählte – bei allen war sie nackt –, ignorierte David es.

Er musste sich konzentrieren, wenn er gewinnen wollte, was bedeutete, einen kühlen Kopf und einen weichen Schwanz zu behalten.

TIFFANY KONNTE Davids Augen auf sich spüren, als sie Megans Haus verließ, gekleidet in einem Sport-BH und Shorts, die etwas zu klein waren.

Sie und Megan trugen dieselbe Schuh- und Sport-BH-Größe. Doch Megans Po war deutlich kleiner.

Gott sei Dank gab es Stretchstoff!

Denn seit sie der Kletterherausforderung zugestimmt hatte, wollte sie nichts anderes als das tun und gegen David gewinnen.

Der besagte Drachenmann passte sich neben ihr ihrem Schritt an und fragte: „Sagen Sie mir die Wahrheit – haben Sie das an so einer Wand schon mal gemacht?"

Sie nickte. „Ich habe eine Zeit lang in einem Freizeitzentrum gearbeitet, einem mit einer Wand, in meinen späten Teenagerjahren. Es mag schon ein paar Jahre her sein, seit ich das letzte Mal geklettert bin, aber ich denke, es ist wie Fahrradfahren, und man vergisst es nicht." Obwohl sie in der Eile, sich umzuziehen und loszugehen, vergessen hatte, einen sehr wichtigen Punkt zu fragen. „Gibt es Gurte und Sicherheitsausrüstung? Ich kann nicht gerade Flügel aus meinem Rücken ausfahren und heruntergleiten."

Seine Mundwinkel zuckten nach oben. „So funktioniert das nicht ganz."

„Nun, selbst wenn es nicht so ist, haben Drachenwandler superheldenähnliche Reflexe, und ich nicht."

Er nickte. „Normalerweise haben wir aus den von Ihnen genannten Gründen keine Sicherheitsausrüstung, außer wenn Minderjährige an der Wand sind, aber ich habe Maya schon getextet, einer der Beschützerinnen und Einweiserinnen für die Wand, uns zu treffen. Sie wird für Ihren Gurt und Ihre Sicherheit zuständig sein."

Sie sah mit gerunzelter Stirn zu ihm hoch. „Was ist mit Ihnen?"

Er zuckte mit den Schultern. „Ich werde nicht fallen."

„Aber Sie könnten."

Seine Pupillen blitzten einen Moment, bevor er antwortete: „Machen Sie sich keine Sorgen um mich, Tiffany. Mir wird's gut gehen."

Smalltalk war noch nie ihre Stärke gewesen, genauso wenig wie um den heißen Brei herumzureden, also platzte sie heraus: „Aber wenn Sie fallen, und Sie nicht einfach Ihre Flügel ausfahren können, könnten Sie sich immer noch verletzen oder sterben, wenn Sie sich auf dem Weg nach unten den Kopf anstoßen. Reflexe helfen Ihnen dann nicht."

„Wir klettern nur bis zum ersten Absatz, und ich habe schnelle Reflexe. Es wird alles gut gehen."

Für einen Moment fragte sich Tiffany, ob sich jemals jemand um David selbst sorgte. Er war Clanführer, und es war sein Job, sich um den gesamten Clan zu kümmern.

Aber wer kümmerte sich um ihn?

Oh, sein Cousin und dessen Gefährtin taten es wahrscheinlich. Aber selbst sie hatten mit drei Kindern viel zu tun und sie wussten vermutlich nicht einmal die Hälfte von dem, was David sich zumutete.

Obwohl sie nicht wusste, warum es ihr so viel bedeutete.

Sie biss sich auf die Lippe, bevor sie seufzte. „Na gut, ich nehme Sie beim Wort. Aber Sie sollten wissen, dass, wenn Sie fallen und sich verletzen, und wenn es nur eine kleine Verletzung ist, werde ich mich sicher nicht aufs moralisch hohe Ross schwingen."

„Und wenn ich mich verletze? Was ich übrigens nicht werde."

Sie hob die Brauen. „Dann werde ich dafür sorgen, dass Sie wieder gesund werden, damit ich Ihnen persönlich den Hintern versohlen kann."

Seine Lippen zuckten, während seine Pupillen blitzten. „Das wäre ein ziemlicher Anblick."

Sie sah ihn schief an. „Warum habe ich das Gefühl, Sie wollen sogar, dass ich genau das versuche?"

Hitze blitzte einen Moment in seinen Augen, bevor er sich räusperte. „Es gibt viele Dinge, die ich will, aber nicht haben kann."

Seine Frage weckte ihre Neugier. „Wovon zum Teufel sprechen Sie?"

Er öffnete den Mund, um zu antworten, aber eine Drachenfrau entdeckte sie und winkte. David erwiderte die Geste. „Das ist Maya. Die Wand ist direkt vor uns." Er nahm ihre Hand und zog sanft daran. „Kommen Sie."

Für ein paar Augenblicke konnte sie nur die heiße, etwas raue Berührung seiner Hand in ihrer genießen. Die Art, wie sie ihre Finger umschloss und sie sich fast klein fühlen ließ.

Tiffany war für eine Frau groß, also war das definitiv nicht die Norm.

Sie fragte sich, wie es wäre, seine breiten Schultern unter ihren Fingern zu haben, seinen schlanken, aber muskulösen Körper auf ihrem.

Wie wäre es, wenn sein Drache zum Spielen herauskäme, um sie ein wenig grob zu nehmen?

Hitze raste durch ihren Körper, und Feuchtigkeit strömte zwischen ihre Schenkel.

Anscheinend gefiel ihr die Idee.

Nicht, dass sie etwas dagegen tun konnte.

Obwohl sie, wenn sie gewann, einen Preis verlangen konnte. Würde ein Kuss schaden? Er hätte es ihr erzählt, wenn sie seine wahre Gefährtin wäre – und hatte kein Wort gesagt –, und sie wüsste dann, ob sie nur geil war, weil sie von so vielen sexy Drachenmännern umgeben war, oder ob es dieser eine Mann im Besonderen war.

Zugegeben, es könnte die verbleibenden Tage der Waisenveranstaltung unangenehm machen.

Doch sie würde am Ende nach PineRock zurückkehren und müsste David nicht wiedersehen.

Also wäre es wirklich so schlimm? Nach allem, was sie wusste, war David ehrenhaft und würde sie nicht einfach wegschicken, nur weil ihm danach war. Er würde sie bis zum Ende helfen lassen.

Natürlich musste sie, um irgendetwas davon zu versuchen, zuerst gewinnen.

Sie schob ihre Gedanken an einen nackten David aus ihrem Kopf, konzentrierte sich auf die Drachenfrau an der Kletterwand und hörte ihren Erklärungen über die Ausrüstung zu.

Immerhin musste Tiffany zuerst gewinnen, und erst dann konnte sie ihren Lohn einfordern.

Und wenn sie wirklich erfolgreich war, dann würde sie vielleicht einmal mit einem Mann ein Risiko eingehen und sehen, ob ihr Pech mit Männern der Vergangenheit angehörte.

Kapitel Sechs

Während David zusah, wie Maya nochmal Tiffanys Sicherheitsgurt kontrollierte, rang er mit sich und überlegte, was zu tun war. Er wollte gewinnen, und doch wollte er auch sehen, was Tiffany als ihren Preis verlangte.

Sie hatten keine Gelegenheit gehabt, den Wetteinsatz zu besprechen, aber aus irgendeinem Grund erregte ihn das nur. Nicht viel überraschte ihn heutzutage. Und wenn er ehrlich war, würde er eine Überraschung lieben.

Sein Drache meldete sich. *Aber wenn wir gewinnen, könnten wir einen Preis verlangen. Vielleicht könnten wir sie zu einer der versteckten Lichtungen bringen und sie verrückt machen, ohne sie überhaupt zu berühren, bis sie um einen Kuss und vielleicht unseren Schwanz bettelt.*

Egal, wie sehr du mich drängst, ich werde sie nicht küssen, ohne ihr die Wahrheit zu sagen.

Dann sag ihr die Wahrheit.

Er beobachtete, wie Tiffany sich auf der

anderen Seite der Wand in Position brachte. Wie würde sie reagieren? Sie hatte seine Frage, ob sie einen Drachengefährten wollte, nicht beantwortet, und es hatte sich nicht richtig angefühlt, es erneut anzusprechen.

Dann grinste sie ihn an und fragte: „Bereit zu verlieren?"

Ihre Stimmung war ansteckend, und er lächelte zurück. „Heißt das, Sie brauchen keinen Vorsprung?"

Sie schnaubte. „Verdammt doch, den nehme ich. Ich bin darauf aus, zu gewinnen und brauche jeden Vorteil, den ich kriegen kann. Ich kämpfe gern, bin aber nicht dumm. Ein Drachenwandler könnte mich in fast allem schlagen."

Tiffanys Wangen waren schon vor Aufregung gerötet – würde sie überall erröten, wenn man ihr einen Grund gäbe? –, und es dauerte einen Moment, bis er seinen Geist genug fokussiert hatte, um zu antworten: „Okay, dann bekommen Sie zehn Sekunden, bevor ich Ihnen nachkomme. Ich werde Sie bald überholen und vielleicht noch genug Zeit haben, ein Nickerchen auf dem Absatz zu machen, während ich warte, dass Sie aufholen."

Sie rieb ihre Hände aneinander. „Nur zu, Drachenmann!"

Er konnte spüren, wie Maya sie musterte, aber David war es egal. Die Drachenfrau war eine vertrauenswürdige Beschützerin und würde niemals Gerüchte verbreiten oder über Davids Verhalten bei dieser Menschenfrau tratschen.

Obwohl er das Gefühl hatte, dass, wenn er sich weiter so bei der Frau verhielt, der gesamte Clan erraten würde, dass sie seine wahre Gefährtin war.

Gut, erklärte sein Drache.

Da er sich nicht ablenken lassen wollte, brachte er sein inneres Tier zum Schweigen und nickte Maya zu. „Ich bin bereit, wenn Tiffany es ist."

Die Menschenfrau legte ihre Hände an die Starthaltegriffe. „Oh, ich bin mehr als bereit."

Maya justierte ihren Griff an den Seilen, die an Tiffanys Gurt befestigt waren. „Dann auf mein Zeichen. Drei, zwei, eins, LOS!"

Tiffany kletterte schnell die Wand hoch. Und wenn der Anblick nicht gewesen wäre, wie ihr Hintern sich bewegte und wackelte, während sie kletterte, hätte er vielleicht ihr Talent bemerkt.

Aber alles, was er tun konnte, war, sich vorzustellen, wie er ihr die engen Shorts auszog, ihr Spitzenhöschen zerriss und sie dann auf dem Absatz oben auf Hände und Knie schob und ihr einen Klaps auf den prächtigen Po versetzte, während er ihre heiße, feuchte Pussy immer wieder beanspruchte, bis sie seinen Namen schrie.

„David! David? Hörst du mich? Los!"

Es dauerte einen Moment, bis ihm bewusst wurde, dass Maya etwas gesagt hatte, und er fluchte. Seine Sexfantasie würde ihm teuer zu stehen kommen.

Und er machte sich auf den Weg die Wand hinauf, wobei er instinktiv seine Hände und Füße in einem Rhythmus bewegte, der ihn hochtrieb, ohne dass er den Griff oder sein Gleichgewicht verlor.

Tiffany war weiter voraus, als er gedacht hatte, aber er holte auf. Er trieb seine Muskeln kräftiger an, erhöhte seine Geschwindigkeit ein wenig und verringerte den Abstand zwischen ihnen.

Er hatte sie fast eingeholt, als Stoff riss und plötzlich schwarze Spitze unter ihren Shorts hervorkam, ein Stück Haut freigab, woraufhin er den nächsten Griff verfehlte.

Es dauerte einen Moment, seinen Halt wiederzuerlangen und nicht abzustürzen.

Doch als er das getan hatte, war Tiffany zum Absatz hochgeklettert und stieß einen Jubelschrei aus.

Er hatte … verloren.

Obwohl - nicht ganz. Der Anblick ihres Spitzenhöschens war es wert gewesen.

Er kletterte langsam den letzten Teil hoch und zog sich auf den Absatz.

Der Triumph in ihren Augen stellte etwas mit seinem Inneren an, wärmte ihn überall. Er mochte es, dass sie glücklich war.

Auch wenn es bedeutete, dass er verloren hatte.

Sie führte einen kleinen Tanz auf. „Ich habe gewonnen!"

Er konnte nicht anders als zu lächeln. „Das haben Sie, Tiffany. Also, was ist Ihr Preis?"

„Das."

Bevor er etwas sagen konnte, stellte sie sich auf Zehenspitzen und presste ihre Lippen auf seine.

Einen Moment lang stöhnte er über den Geschmack von Frau und etwas Süßem – Keksen vielleicht? –, bevor das Verlangen durch ihn schoss, das Bedürfnis, sie zu ficken, seinen Körper flutete.

Sein Drache summte. *Ja, sie gehört uns. Ich habe es dir gesagt. Reiß diese Shorts herunter und ficke sie hier, immer wieder. Dann nehmen wir sie mit nach Hause und machen weiter, bis sie unser Kind trägt.*

Tiffany lehnte sich gegen ihn und öffnete die Lippen, um den Kuss zu vertiefen, aber irgendwie fand David die Stärke, sie wegzustoßen, während er ein vorübergehendes mentales Gefängnis für seinen Drachen schuf. Eines, das ihm wenige kostbare Minuten – höchstens fünf – geben würde, bevor sein Tier sich frei brach und alles tun würde, um ihre wahre Gefährtin zu beanspruchen.

Er hasste die Verwirrung in ihren Augen, aber er hatte keine Zeit, sie zu beruhigen. Er warnte: „Lauf, Tiffany! Schnapp dir deine Sachen, geh zurück nach PineRock und bleib weit weg von mir."

Sie sah ihm in die Augen. „Wovon sprichst du?"

Sein Drache trat und schlug gegen das Gefängnis, aber es hielt noch. „Du bist meine wahre Gefährtin und hast mich geküsst. Also, wenn du nicht willst, dass mein Drache dich beansprucht und dir ein Baby macht, lauf! Und zwar schnell. Ich kann ihn nicht viel länger zurückhalten."

Sein Drache tobte kräftiger, wollte ihre Frau nicht gehen lassen.

Nur weil David stark war, konnte er sein Tier so lange nach Tiffanys Kuss in Schach halten.

Sie stand da, und er knurrte. „Ich meine es ernst, lauf!"

„Was, wenn ich nicht will?"

Ihre Worte verblüfften ihn, aber er erholte sich schnell. „Du denkst vielleicht, dass du das nicht willst, aber du solltest. Mit mir zu sein, wird dich in Gefahr bringen. Geh nach Hause und sprich mit Wes. Er wird dir helfen."

Die verdammte Frau stand da und legte dann eine Hand an seine Brust. Sein Tier brüllte noch lauter.

David biss die Zähne zusammen, als sie sagte: „Nein. Sag mir, was zu tun ist." Er wollte sie erneut warnen, als sie sich aufrichtete. „Sag mir nicht, was ich will. Sag mir einfach, was ich tun muss."

Als sein Drache gegen das mentale Gefängnis rammte, wusste David, dass er vielleicht noch eine Minute, höchstens zwei hatte.

Also gab er die letzte ihm mögliche Art von Warnung von sich. „Geh mit Maya, und die Beschützer werden für deine Sicherheit sorgen."

„Willst du mich?"

Trotz aller Gründe, warum er lügen sollte, sagte er: „Ja."

„Gut. Dann gehe ich mit Maya, aber ich werde in deinem Haus warten, bis du bereit bist."

Als sie signalisierte, dass sie sich jetzt über die Seile hinablassen würde, beobachtete David, wie Tiffany hinuntersauste und dann mit Maya sprach. Die Drachenfrau hatte wahrscheinlich schon jedes Wort gehört, sah aber zu ihm auf und nickte.

Wenn Tiffany tatsächlich zu seinem Haus ging, würde er seinen Drachen nicht abwehren können.

Verdammt! Er war sowohl glücklich als auch zu Tode erschrocken über das, was passieren könnte.

Mit den kostbaren Minuten der Kontrolle, die er noch hatte, nahm er sein Handy heraus, wählte Wes Daltons Nummer und bat um den größten verdammten Gefallen seines Lebens.

TIFFANY GING im Schlafzimmer auf und ab, den langen Bademantel um sich gewickelt, und fragte sich, wo zum Teufel David war.

Auch wenn sie zunächst überrascht gewesen war, als sie hörte, dass sie seine wahre Gefährtin war, war das Angebot, den Rausch anzunehmen, einfach aus ihrem Mund gesprudelt.

Und selbst jetzt, wie viele Minuten später auch immer, bereute sie es nicht.

David hatte etwas an sich, das sie zu ihm zog. Und ja, es wäre nett gewesen, wenn er ihr früher von der Wahre-Gefährtin-Sache erzählt hätte. Doch die Wahrheit hatte viele seiner Handlungen ins Licht gerückt – die Vorsicht, den Versuch, Abstand zwischen ihnen zu halten, und die Art, wie er jeden aufblitzenden Funken Hitze vor ihr verbarg.

Megan war diejenige gewesen, die ihr kurz erklärt hatte, was der Rausch mit sich bringen würde. Und während die Drachenfrau sagte, dass David seine Gründe hatte, ihr nicht die volle

Wahrheit zu sagen, war es nicht ihre Sache, es zu erzählen. David müsste das tun, wenn er bereit war.

Doch egal, die Art, wie er sich um seinen Clan kümmerte, wie er sie als Gleichgestellte behandelte und ganz sicher, wie ihr Körper bei seinem Kuss in Flammen gestanden hatte … nun, all das brachte sie dazu, eine Chance bei ihm haben zu wollen. Ihr Bruder hatte es mit Gabby riskiert, obwohl er sie am Anfang kaum gekannt hatte. Tiffany hatte beschlossen, dasselbe zu tun.

Sie warf wieder einen Blick auf die Uhr. Es war fast eine Stunde her, seit sie David geküsst hatte. Wo war er? Nach allem, was man so hörte, hätte er sie inzwischen finden sollen.

Dann hörte sie, wie die Haustür geöffnet und geschlossen wurde. Schwere Schritte kamen die Treppe herauf, und ihr Herzschlag beschleunigte sich.

Ein paar Sekunden später stand David im Türrahmen.

Sein Haar war zerzaust, seine Pupillen blitzten ständig, und er starrte sie mit einem solchen Verlangen an, dass sie nicht anders konnte, als zu erschaudern.

Heute Abend würde sie den Mann unter dem normalerweise gefassten Drachenführer entdecken.

Und sie konnte es kaum erwarten.

Seine Stimme war angespannt, als er fragte: „Bist du dir sicher, Tiffany? Sobald ich diesen Raum durchquere, gehörst du mir."

Bei seinem besitzergreifenden Ton wurden ihre

Nippel hart, und Feuchtigkeit strömte zwischen ihre Schenkel. Seine Nasenflügel blähten sich, und sie versuchte, nicht verlegen zu sein.

Auch ohne ein Wort wusste er, dass sie erregt war.

„Ja, aber unter einer Bedingung."

Er biss die Zähne zusammen und brachte irgendwie heraus: „Was?"

„Dass du dich mir nicht wieder verschließt. Von jetzt an sagst du mir die Wahrheit und lässt mich teilhaben. Ich weiß, es wird eine Zeit dauern, bis du mir vertraust, aber ich will dich, David. Nicht den Clanführer, nicht den Drachenmann, der irgendeine Art von Ehre aufrechterhalten will. Nur dich, den Mann."

Mit einem Knurren schritt er durch den Raum und zog sie an seine Brust. Sie nahm einen tiefen Atemzug bei der Hitze seines Körpers, seinen harten Muskeln und seinem noch härteren Schwanz, der sich gegen sie drückte. „Du bist meine wahre Gefährtin, Tiffany. Ich will mich nicht länger vor dir verstecken."

Sie drückte ihre Hände gegen seine Brust und hob ihr Kinn. „Dann küss mich, David. Und beanspruche mich so, wie du es brauchst."

Mit einem Stöhnen stießen seine Lippen gegen ihre, und sie öffnete sofort ihren Mund, und seine Zunge glitt hinein.

Auch sie stöhnte, als seine heiße Zunge gegen ihre strich, sein Geschmack noch besser als bei dem kurzen Kuss an der Kletterwand.

Sie schob ihre Hände zu seinem Hals und presste die Brüste gegen ihn, da sie mehr von seiner Hitze um sich spüren wollte.

David griff ihren Po und drückte sie gegen sich, die Reibung gegen ihre Klitoris machte ihre Pussy noch feuchter.

Mit einem Knurren unterbrach er den Kuss, riss ihr den Bademantel herunter und drückte sie rückwärts auf sein Bett.

Er warf seine eigenen Kleider beiseite, bevor er über sie kroch, sich ihren Bauch hinaufküsste, ihre Brüste, an einem Nippel saugte und dann am anderen, ehe er wieder ihre Lippen nahm.

Tiffany schob ihre Finger durch sein Haar, bog ihren Rücken durch, wollte mehr als Küsse von dem Drachenmann über sich.

Seine Hand fand ihre Pussy, und sie stöhnte, als er sie sanft streichelte und mehr Hitze durch ihren Körper sandte.

David flüsterte: „Du bist schon so verdammt feucht für mich, Tiffany." Er schob sanft seinen Finger hinein, und sie bog sich ihm entgegen und versuchte, ihn tiefer zu nehmen. „Ich habe jetzt keine Zeit, diese süße Pussy zu lecken, aber sobald der Rausch vorbei ist, werde ich dich anbeten, wie du es verdienst, meine Königin."

Sie lächelte einen Moment über seine Anspielung auf ihr früheres Gespräch.

Aber dann fand sein Daumen ihre Klitoris, und jeder witzige Kommentar starb auf ihrer Zunge.

Er beobachtete ihr Gesicht, während er sie

neckte, streichelte und sie an der empfindlichsten Stelle rieb. Sie versuchte, seinen Kopf für einen Kuss herunterzuziehen, aber er schüttelte den Kopf. „Lass mich das erste Mal zusehen. Ich will sehen, wie du die Kontrolle verlierst, wenn du kommst."

Sie biss sich auf die Unterlippe, nickte und tat ihr Bestes, ihre Augen offen zu halten. Obwohl es sie, als er härter zu reiben begann, mit genau dem Druck, den sie mochte, alles kostete, ihre Augen nicht zu schließen.

„Bist du nah dran, Tiffany?"

„Ja."

„Dann komm für mich, bevor ich dich mit meinem Schwanz nehme."

Sie hielt es für lächerlich, dass er so etwas verlangte, aber als er hart gegen ihre Klitoris drückte, schrie sie auf, und Lust schoss durch ihren Körper, während ihre Pussy seinen Finger in ihr packte und losließ.

Als sie sich schließlich auf dem Bett entspannte, küsste er sie sanft, bevor er sich zurückzog und seinen Finger entfernte. Während er sie beobachtete, leckte er langsam und genüsslich ihre Essenz von seinem Finger, seine Pupillen blitzten schnell.

Trotz des Orgasmus, den sie gerade erst gehabt hatte, wurde sie noch feuchter.

Seine heisere Stimme rollte über sie, als er sagte: „Ich kann es kaum erwarten, mehr von deinem süßen Honig zu bekommen. Aber jetzt ist es Zeit, dich mit meinem Schwanz zu beanspruchen und den Rausch zu beginnen, bevor mein Drache versucht, die Kontrolle zu übernehmen."

Er positionierte sich an ihrem Eingang, und sie spreizte instinktiv ihre Beine und hieß ihn willkommen.

Als er kurz zögerte, platzte sie heraus: „Ich bin keine Jungfrau, also tu es einfach."

Er lächelte, was seine Augen so verdammt sexy machte, und sagte: „Wenn das alles vorbei ist, denke ich, werde ich dir etwas Geduld beibringen, meine Königin. Ich weiß, wie sehr du Spiele magst."

Der Gedanke an David, der sie neckte, sie an den Rand brachte, nur um sich zurückzuziehen und von Neuem zu beginnen, ließ sie sich winden. „Nur, wenn ich meine eigenen Spiele machen kann."

Er senkte sein Gesicht näher an ihres. „Alles, was du willst, Tiffany. Du bist mein, genauso wie ich dein sein werde. So funktionieren wahre Gefährten."

Damit stieß er bis zum Anschlag in sie, und sie stöhnte darüber, wie ausgefüllt sie war, wie er sie auf gute Weise dehnte.

Als er begann sich zu bewegen, fand sie ihren eigenen Rhythmus, um ihm Stoß für Stoß entgegenzukommen, und hielt sich mit ihren Händen an seinen Schultern fest.

Seine Pupillen begannen, schneller zu blitzen, was bedeutete, dass sein Drache näher daran war, die Kontrolle zu gewinnen.

Aber es war ihr egal. Und als er seine Hüften schneller bewegte, vergaß sie alles außer Davids Schwanz, der in ihr war, genau die richtige Stelle traf und sie dazu brachte, sich auf jede mögliche Weise von ihm beanspruchen lassen zu wollen, nicht aufzuhören, bis sie beide zusammenbrachen.

Er nahm ihre Lippen in einem heftigen Kuss, seine Zunge beanspruchte ihren Mund, während sein Schwanz ihre Pussy beanspruchte. Als seine Finger wieder ihre Klitoris fanden, schrie sie auf, Lust explodierte, und David ließ seine Hüften nicht ruhen, und die Bewegung wirbelte sie in pure Glückseligkeit.

Mit einem Knurren hielt er schließlich inne, und als er kam, schickte es sie in einen weiteren eigenen Orgasmus, die Lust fast zu viel, und ihr Rücken hob sich vom Bett.

Als sie schließlich von ihrem Hoch herunterkam, starrte David sie mit geschlitzten Pupillen an, und Verlangen flammte in seinem Blick.

Sein Drache hatte die Kontrolle.

Und trotz der Tatsache, dass er ihr bereits zwei Orgasmen beschert hatte, pochte ihre Pussy und verlangte nach mehr.

Davids Stimme war etwas tiefer, als er sagte: „Jetzt bin ich dran, dich zu beanspruchen." Er zog sich heraus, drehte sie auf den Bauch und hob ihre Hüften. Im nächsten Moment stieß sein Schwanz in sie, und sie stöhnte.

Sie wusste, dass der Drache sich jetzt nur halb

um seinen Orgasmus scherte, sondern sie mit seinem Samen brandmarken musste.

Also kam sie einfach seinen hektischen Stößen entgegen und genoss das Gefühl, wie seine Hoden gegen ihre Pussy klatschten, das Geräusch von Sex und Fleisch, das den Raum erfüllte.

Während er härter stieß, brachte er hervor: „Du bist mein, Tiffany Ford. Ganz mein. Nimm meinen Schwanz, und komm für mich."

Dann fand sein Finger ihre Klitoris, und er schnippte mit seinem Nagel gegen ihre empfindliche Knospe. Tiffany schrie, als sie wieder kam; David hielt gleichzeitig inne, und sein Erguss trieb sie noch näher an den Punkt, wo die Lust zu viel war.

Als könnte sie daran sterben.

Ein paar Augenblicke später wurde ihr das Haar aus dem Nacken gestrichen, und David küsste ihren Hals. Er sagte: „Geht's dir gut?"

Er zog sich heraus, bevor er sie langsam umdrehte und ihre Wange streichelte. Seine Pupillen waren rund, ohne Zeichen von Blitzen. Sie platzte heraus: „Was ist mit deinem Drachen?"

Er lächelte, und der Anblick ließ ihr Herz einen Schlag aussetzen. Schon wieder! Verdammt, der Mann hatte einen Einfluss auf sie wie kein anderer zuvor. Er antwortete: „Selbst er weiß, dass du manchmal Ruhe brauchst, besonders da du ein Mensch bist." Er legte sich neben sie und zog sie halb auf seine Brust. „Und er wird mir erlauben, dir ein paar Dinge zu erklären, um das hoffentlich zu erleichtern."

Sie stützte ihr Kinn auf seine Brust und begegnete seinem Blick. „Wenn ich von den zwei Malen bisher ausgehen darf, denke ich, dass wir ganz gut zurechtkommen."

Er lachte leise, und der Klang wärmte ihr Herz. David sah entspannter aus, mehr wie ein einfacher Mann, unbelastet von so vielen Verantwortlichkeiten.

Was sie umso mehr dazu brachte, ihn kennenlernen zu wollen.

Er strich Haare aus ihrer Stirn, bevor er sagte: „Sex wird ganz sicher kein Problem sein." Seine Stimme wurde rau. „Tatsächlich kann ich es kaum erwarten, wieder in dir zu sein."

Sie lächelte über seinen Ton und strich sanft mit ihrer Hand über seine glatte Brust. „Sobald du erklärst, warum du mir nicht gesagt hast, dass ich deine wahre Gefährtin bin."

Er stieß einen Seufzer aus. „Hat nicht lange gedauert, bis du mich das fragst, wie?"

Sie hob eine Augenbraue. „Das ist keine Antwort."

Er lächelte wieder. „Nein, ist es nicht. Und hör nie auf, die Wahrheit von mir zu verlangen, denn ich gebe zu, es ist nicht immer leicht für mich, sie zu sagen."

„Weil du Clanführer bist?"

Er nickte. „Hauptsächlich, ja." Während er zärtlich ihre Wange streichelte, lehnte Tiffany sich in seine Berührung. Es wäre so einfach, ihn wieder zu küssen und sich auf den Rausch zu konzentrieren.

Aber sie wollte zuerst diese Antwort. Also drängte sie weiter. „Dann sag es mir."

David spielte weiter mit ein paar Strähnen ihres Haares, als er antwortete: „Weil ich versucht habe, dich zu schützen."

Sie runzelte die Stirn. „Wovor? Wie wir vorhin festgestellt haben, bin ich nicht gerade der Typ, der wie ein welkes Veilchen ist. Und du weißt von meiner Bewerbung als Freiwillige, dass ich allerlei Selbstverteidigungstraining in PineRock absolviert habe."

Er schüttelte den Kopf. „Das ist es nicht." Er hielt einen Moment inne, bevor er fortfuhr: „Die letzten fünf Gefährtinnen der Clanführer von StoneRiver sind alle innerhalb weniger Jahre nach der Paarung gestorben. Mein Onkel war der frühere Clanführer und einer dieser fünf. Also hat er mich und Justin von klein auf gewarnt, aufzupassen und aus seinem Schmerz zu lernen."

Na, dann. Sie brauchte definitiv mehr Informationen. „Wie sind sie gestorben?"

„Eine Kombination aus Unfällen und Mord."

Ihr erster Instinkt war, es als Zufälle abzutun, die er versucht hatte, zu erklären. Doch sie spürte, dass dies eine große Sache für David war. Sonst hätte er ihr erzählt, dass sie seine wahre Gefährtin war.

Also beschloss Tiffany, es aus einer rationaleren

Perspektive anzugehen. „Unfälle liegen außerhalb unserer Kontrolle, oder? Also, wenn du die herausnimmst, wie viele wurden ermordet?"

„Zwei."

„Nun, das klingt doch schon besser. Nicht, dass ich ihre Tode oder den Schmerz, den sie verursacht haben, abtun will. Es ist nur so, dass den Drachenwandlern bis vor wenigen Jahren Wilderer zugesetzt haben und solche, die darauf aus waren, euch zu zerstören. Ich bin sicher, auch andere Clans im Tahoe-Gebiet haben dadurch Unglücke erlitten, oder?"

Er runzelte die Stirn. „Nun, jemand von SkyTree wurde vor etwa zwanzig Jahren ermordet. Diejenigen, die auf Drachenblut aus sind, hatten die Gefährtin des Clanführers gefangen."

„War das etwa zur selben Zeit, als eine der Gefährtinnen der Clanführer von StoneRiver ermordet wurde?"

Er antwortete langsam: „Ja."

„Also war es nicht nur das Pech von StoneRiver, oder was auch immer."

Seine Brauen zogen sich zusammen, als versuchte er, sich selbst davon zu überzeugen, dass es stimmte.

Sie schob sich hoch, bis ihr Gesicht auf der Höhe seines Gesichts war, legte eine Hand an seine Wange und sagte: „Auch wenn ich Unfälle nie ausschließen kann, denke ich, dass wir unser Bestes tun können, um einen Mord zu verhindern. Mit deinem Schutz und jedem Training, das ich bekommen kann, um Selbstverteidigung zu lernen, können wir sicherstellen, dass die Gefährtin dieses Clanführers nicht dasselbe Schicksal erleidet."

Oh, verdammt! Er hatte sie noch nicht einmal wirklich gebeten, ihn zu paaren. Aber die Worte waren heraus, und sie würde sie nicht zurücknehmen.

Während sie in seine dunkelbraunen Augen starrte, wartete Tiffany. Wenn er ihr jetzt nicht glaubte, dass sie die Pechsträhne unterbrechen konnten, würde sie weiter daran arbeiten. Denn solange er ständig um sie fürchtete, würde es immer einen Teil von ihm fernhalten.

Und nach dem, was sie bereits von dem Drachenmann gesehen hatte, seine Freundlichkeit, Loyalität und sogar den kleinen Hauch von Humor, wollte sie mehr wissen. Viel mehr.

Doch das war nicht der einzige Grund. Wenn David ununterbrochen glaubte, sie sei nur einen Schritt vom Tod entfernt, konnte er versuchen, sie in StoneRiver eingesperrt zu halten, und sie auf lange Sicht unglücklich machen. Sie brauchte zwar keine vollständige Freiheit, aber sie wollte auch nicht für den Rest ihres Lebens eine Gefangene sein.

Sie konnte jedoch nicht an die nächsten Schritte denken, bis David etwas sagte. Also wartete sie auf seine Antwort, um zu sehen, was als Nächstes kam.

Davids Drache ging in seinem Kopf auf und ab und machte es ihm schwer, sich ausschließlich auf Tiffany und ihr Gespräch zu konzentrieren.

Und doch wusste er, dass sein Drache extreme Zurückhaltung zeigte, indem er ihm so bald diese Pause mit ihrer Frau gewährte.

Aber das war die Abmachung mit seinem Tier gewesen, damit er sich überhaupt auf den Rausch einließ: dass, sobald sie beide sie einmal gehabt hatten, er etwas Zeit bekäme, ihr Dinge zu erklären.

Obwohl David hätte lügen müssen, wenn er behauptet hätte, Tiffany nicht sofort unter sich legen und wieder nehmen zu wollen. Denn, verdammt, sie war besser gewesen, als er es sich je hätte vorstellen können. Selbst jetzt, wo er gewusst hatte, dass er ihr die Wahrheit hinter dem Geheimnis erzählen musste, hatte er nur daran denken können, sie zu küssen, während er sie erneut fickte.

Doch sobald sie eine rationale Erklärung für die Morde und Unfälle gegeben hatte, konnte er nichts anderes tun, als sich auf ihr Gesicht und ihre Worte zu konzentrieren.

Und als sie einen Plan zusammenstellte, wie sie sich schützen könnte, hatte sie sich einen Weg in sein Herz gebahnt.

Seine Frau war nicht eine, die Dinge einfach mit sich geschehen ließ. Nein, sie würde helfen, eine Zukunft zu gestalten, die sie wollte, und dafür kämpfen.

Bis jetzt schien es, als hätte das Schicksal recht

gehabt, als es sie zu seiner wahren Gefährtin gemacht hatte.

Er antwortete schließlich: „Obwohl du kaum Zeit hattest, eine Lösung zu finden, hast du schon einen improvisierten Plan parat." Er streichelte ihre Wange. „Du bist so verdammt erstaunlich, und das lässt mich denken, wir könnten eine Chance haben." David schob seine Finger durch ihr Haar, als sie errötete. Er fügte hinzu: „Und auch wenn wir nicht alles jetzt ausbügeln können – mein Drache und ich möchten unbedingt mit dem Rausch weitermachen –, ist es ein guter Anfang." Er brachte ihr Gesicht näher an seines. „Sobald der Rausch vorbei ist, werden wir daran arbeiten. Zusammen. Und eine Lösung finden, damit du noch viele, viele Jahre hier bist."

Sie entspannte sich ein wenig und nickte. „Okay, klingt nach einem Plan. Solange du nicht versuchst, mich in eine dieser Prinzessinnen zu verwandeln, die von der Welt weggesperrt sind, unfähig, in ihr eigenes Schicksal einzugreifen, denke ich, dass wir es hinbekommen."

Die Vorstellung, dass Tiffany eingesperrt wäre, unfähig, ihren Bruder oder Freunde zu sehen, ließ ihn die Stirn runzeln. „Das würde ich nicht tun. Solange wir beide ehrlich sind und unseren gesunden Menschenverstand nutzen, können wir das angehen und etwas finden, das sowohl dich als auch meinen inneren Drachen zufriedenstellt."

„Und was ist mit deinem menschlichen Teil?"

Er schmiegte sich an ihre Wange. „Er wird ein

wenig mehr Zeit mit dir nackt und in seinem Bett brauchen, bevor er an etwas anderes denken kann."

Sie lachte und lehnte sich vor, bis ihre Brust seine Schulter berührte. David sog einen Atemzug ein, als sein Drache knurrte: *Sie hatte jetzt eine Pause. Ich will sie wieder. Beeil dich, oder ich werde mich nicht mehr abwechseln und sie einfach ficken, bis ich müde werde.*

Nein, du würdest ihr nicht so wehtun.

Vielleicht nicht. Aber ich würde nicht so viel verdammte Zeit mit Reden verschwenden.

Bei dem bockigen Ton seines Drachen schnaubte er. Tiffany hob fragend die Brauen, und er sagte: „Du magst nicht realisieren, wie viel Zurückhaltung mein Drache gerade zeigt, mich so bald mit dir zu reden zu lassen, aber es ist eine Menge. Ich hoffe, es reicht für eine Weile, da der Rausch jeden Moment wieder beginnen wird."

Sie drückte ihre Brustwarze und Brust noch mehr gegen ihn und murmelte: „Ich bin selbst heiß darauf, wieder loszulegen."

Mit einem Knurren drehte er sie herum und hielt ihr die Hände über den Kopf. Seine Lippen hielten wenige Zentimeter von ihren entfernt inne, als er sagte: „Gut. Denn es ist Zeit, dich wieder als die meine zu beanspruchen."

Sie strich mit ihrem Fuß über seine Wade. „Dann nimm mich, Drachenmann. Ich warte."

Mit einem Knurren nahm er ihre Lippen in einem groben Kuss und ließ ihre Hände los. Während er einen Nippel kniff, nutzte er seinen anderen Arm, um seinen Schwanz zu positionieren und hineinzugleiten.

Und so machte David sich daran, seine wahre Gefährtin immer wieder zu beanspruchen, wechselte sich mit seinem Tier ab, genoss seine schöne, verspielte und kluge Frau und war sich nicht ganz sicher, wie er sie verdiente. Und doch würde er sie nie aufgeben.

Kapitel Sieben

Tiffany verlor die Tage aus den Augen, während sie Sex hatten, ruhten, aßen und redeten. Es hatte sich herausgestellt, dass David mehr Humor besaß, als sie zunächst gedacht hatte, aber ihre größte Entdeckung war, dass er kitzelig war. Und sie hatte es genossen, ihn hemmungslos lachen zu hören.

Sicher, das war ein wenig kindisch. Aber sie dachte gern, dass es genau das war, was David in seinem Leben brauchte – die Chance, sich zu entspannen und mit jemandem loszulassen.

Mit ihr.

Es wäre zu viel verlangt gewesen, dass er ihr so schnell vollkommen vertraute. Aber wann immer sie sich ausruhten, um zu essen oder zu duschen, hatte er regelmäßig ihre Idee angesprochen, eine Wiederholung dessen zu verhindern, was den Gefährtinnen der früheren Clanführer von StoneRiver passiert war.

Nun, sie hatten es zumindest geschafft, etwas zu reden. Um ehrlich zu sein, waren sie unter der Dusche auch nicht viel zum Reden gekommen.

Schlaf jedoch war notwendig gewesen. Und als sie im Sonnenschein aufwachte, der durch das Fenster strömte, bemerkte sie, dass David ihr im Bett gegenüberlag und sie anstarrte. Sie gähnte und fragte: „Hast du mir schon wieder beim Schlafen zugesehen?"

Er fuhr mit der Hand über ihre Wange, wischte den Speicheltropfen von ihrem Mundwinkel und lächelte. „Ich habe abgewartet, wie lange es dauert, bis die Spucke das Kissen erreicht."

Sie stieß ihn spielerisch gegen die Brust. „Das ist nicht sehr schmeichelhaft."

Er hob die Brauen. „Warum? Die hat sich da wirklich lange gehalten. Das muss daran liegen, dass sie genauso an deinen Lippen hängt wie ich."

Bevor sie antworten konnte, beugte er sich vor und küsste sanft ihre Lippen. Er ließ sich Zeit, an ihrer Unterlippe zu knabbern, bevor er langsam ihren Mund erforschte. Als zöge er sie wie ein Magnet an, bewegte sie sich, bis ihr Körper gegen seinen gepresst war, und erwiderte den Kuss.

Sie hatte voll und ganz erwartet, dass er zwischen ihre Beine greifen würde, um sicherzustellen, dass sie für die nächste Runde schön feucht war. Doch er zog sich nur zurück und berührte ihre Nase mit seiner. Seine Pupillen blitzten ein paar Mal, und sie fragte: „Machst du gerade irgendeinen Test mit deinem Drachen, um zu sehen, wie lange du ihn zurückhalten kannst, bevor er übernimmt?"

Nicht, dass Tiffany etwas dagegen gehabt hätte. Das war ein Spiel, das David mit seinem Tier schon gespielt hatte. Und, na ja, wenn der Drache sich befreite, zeigte das eine ziemlich animalische Seite des Sex, von der sie zugeben musste, dass sie sie mochte.

Er strich über ihre Wange. „So sehr dein Erröten mir sagt, dass dir das gefallen würde, nein. Es ist etwas anderes." Er berührte erneut ihre Wange und fügte hinzu: „Der Rausch ist vorbei, Tiffany. Du trägst mein Kind."

Einen Moment lang versuchte sie, die Information zu verarbeiten. Natürlich wusste sie, dass das das Ziel des Gefährtenrauschs gewesen war.

Und doch war es abstrakt gewesen. Jetzt wurzelte ein Leben in ihr. Etwas, das ein Teil von ihr und ein Teil von David war. Ein kleiner Junge oder ein kleines Mädchen, das sie für immer verbinden würde.

Während sein Daumen ihre Wange streichelte, fragte er: „Geht's dir gut?"

Sie sah ihm wieder in die Augen und lächelte. „Natürlich. Es ist nur … irgendwie surreal. Ich wusste, dass es passieren würde. Und doch ist es immer noch komisch zu denken, dass ich in nicht allzu ferner Zukunft Mutter sein werde."

Er nahm ihre Hand, fädelte seine Finger durch

ihre und murmelte: „Ich werde auch da sein, Liebes. Wir werden das zusammen machen."

Bei der Sicherheit in seiner Stimme verblasste der Großteil ihrer Nervosität. Auch wenn sie einander noch nicht lange kannten, hatte David etwas an sich, das sie dazu brachte, ihm zu vertrauen. Ohne jeden Vorbehalt.

Sie hakte ein Bein über seine Hüfte, lehnte sich an ihn und nahm seine Lippen in einem schnellen Kuss. „Ich weiß, dass du da sein wirst. Ich vermute sogar, dass du der Überfürsorglichere von uns sein wirst."

Er legte den Arm über ihre Taille, bis seine Finger sich auf ihrem Rücken spreizten. „Drachenwandler sind generell so. Ich bin sicher, deine Schwägerin ist genauso?"

Sie hob eine Augenbraue. „Offensichtlich kennst du meinen Bruder Ryan nicht sehr gut. Er stellt die meisten Drachen in den Schatten, wenn es darum geht, seinen Sohn zu beschützen."

Er lächelte. „Nun, dann bedeutet das nur, dass er und ich uns zusammentun können, um unsere Kinder clanübergreifend zu beschützen."

Tiffany zögerte einen Moment lang, denn sie wollte ihn nach Clanangelegenheiten fragen, war sich aber unsicher, ob sie das sollte.

Ja, sie und David hatten gerade einen Sex-Marathon hinter sich und würden ein Baby bekommen. Aber sie wusste nicht, ob er ihr schon heikle Clanangelegenheiten anvertrauen würde.

Als hätte er ihre Gedanken lesen können, zwang

er sie sanft, ihm wieder in die Augen zu sehen. „Sag mir, was auch immer dir durch den Kopf geht, Tiff. Ich habe es vielleicht vermasselt, indem ich dir die Wahrheit vorenthalten habe, dass wir wahre Gefährten sind, aber ich verspreche von jetzt an Ehrlichkeit. Ich möchte, dass du dich mir gegenüber nie zurückhältst.“

Sie biss in den sauren Apfel und platzte heraus: „Du wirst meinetwegen eine engere Allianz mit PineRock eingehen müssen, oder?“

Er lächelte und streichelte ihren Rücken in langsamen Kreisen. „Das war schon vorher in Vorbereitung, Liebes. Dass ich mit dir zusammen bin, wird es nur ein bisschen beschleunigen.“

Sie sah ihm in die Augen. „Bist du damit einverstanden? Ich mag nicht denken, dass ich dich zwinge, den Clan in eine Richtung zu führen, die du nicht willst.“

Er nahm ihr Gesicht in seine Hände. „Es stimmt. Es hätte wahrscheinlich noch ein oder zwei Jahre gedauert, eine enge Allianz mit PineRock zu bilden, aber Wes hat sich bereits als wertvoller Verbündeter erwiesen. Als ich ihn gebeten habe, die Veranstaltung für die Waisenkinder zu übernehmen, damit ich den Rausch durchmachen konnte, hat er nicht gezögert, einzuspringen. Er hat mich sogar mit SMS und E-Mails auf dem Laufenden gehalten, die ich lesen konnte, während du geschlafen hast.“ Er strich mit den Daumen über ihre Haut, und sie entspannte sich ein wenig. „Im Gegenteil, du hast das alles reibungsloser gemacht, und ich sollte dir dafür danken, dass du mich an der Kletterwand geküsst hast."

Seine Worte milderten die Sorge, die sie gehabt hatte, weil sie dazwischengeraten war und Ärger verursacht hatte. „Wenn all diese Tage voller Sex die Belohnung für diesen Sieg waren, bin ich gespannt, was der Lohn für die nächste Wette sein wird. Denn das muss sie natürlich überbieten."

Er lachte leise, und der Klang ließ sie schmunzeln. Sie würde sein Lachen nie leid werden. Er antwortete: „Nun, du könntest mich bitten, dich in meiner Drachengestalt in die Luft mitzunehmen. Das könnte dem nahekommen."

Ihre Augen weiteten sich. „Wirklich? Ich wusste nicht, dass du das kannst. Ich bin mir sicher, mein Bruder hat Gabby schon dazu gebracht, ihn mit in die Luft zu nehmen, obwohl er es nie zugeben würde. Besonders, da ich denke, dass es illegal ist, oder?"

David nickte. „Genau genommen, ja, ist es. Wir dürfen keine Menschen in die Luft tragen. Aber du wirst bald meine Gefährtin sein, Tiffany. Also sind die Dinge anders. Nun, vorausgesetzt, du stimmst zu, meine Gefährtin zu sein." Seine Pupillen flackerten. „Wirst du das tun?"

Sie starrte in seine dunkelbraunen Augen und sah kurz die Verletzlichkeit dort. Der starke Clanführer war doch nicht in allen Dingen so selbstbewusst, wie es schien.

Am besten sollte sie alle Zweifel zerstreuen. Es

mochte noch nicht lange gehen, aber mit David zusammen zu sein war einfach … richtig.

Sie antwortete: „Keine Macht der Welt könnte mich aufhalten."

Er nahm ihre Lippen in einem langsamen Kuss und verschlang ihren Mund, als wäre es das erste Mal. Er leckte, kostete und ließ sie darüber stöhnen, dass ein Mann sie so heiß und feucht machen konnte, und eine Million anderer Dinge zur gleichen Zeit.

Seine Hand fand ihre Pussy und begann, sie zu liebkosen. Ohne sich darum zu scheren, dass sie schon ein bisschen wund war, bewegte sie sich auf seine Finger zu und genoss es, wie er sie neckte und streichelte und in sie stieß.

Er unterbrach den Kuss und knurrte: „Ich liebe es, wie feucht du für mich wirst."

„Nur für dich, David. Nur für dich."

Mit einem Stöhnen glitt er mit seinem Schwanz in sie und schob ihr Bein höher über seine Hüfte, verschaffte sich mehr Zugang zu ihr, während sie einander auf der Seite liegend ansahen.

Sie starrten einander in die Augen, während er sich diesmal langsam bewegte. Sie kam seinen Stößen entgegen, beide nahmen sich Zeit, einander zu genießen und − zumindest in Tiffanys Fall − wünschten sich, sie könnten ein wenig länger so bleiben.

Aber sie verdrängte den Gedanken daran, dass ihre kleine Zweierblase bald schon platzen würde, und griff stattdessen nach Davids Schulter. Als sie ihre Nägel hineingrub, stöhnte er und erhöhte sein Tempo.

Die gemächlichen Bewegungen wurden hektisch, und er küsste sie schließlich erneut und nahm ihren Mund mit derselben drängenden Gier wie tief in ihr, fast so, als versuchte er, ihr zu sagen, wie viel sie ihm schon bedeutete.

Dann strich er über ihre Klitoris, und der Orgasmus brach über sie herein und sandte Lust durch ihren Körper, gerade als David innehielt und seinen eigenen fand.

Mit jedem Strahl seines Ergusses kam sie wieder über den Rand, bis sie schließlich erschöpft und nach Atem ringend dalag.

David nahm ihre Lippen in einem langsamen, besitzergreifenden Kuss, bevor er ihn unterbrach und sagte: „Du bist mein, Tiffany Ford. Und wir werden es so bald wie möglich offiziell machen."

Sie fuhr mit ihren Fingern über sein Kinn. „Ich denke, Tiffany Lee wäre besser, findest du nicht?"

Seine Pupillen blitzten, bevor er sie noch einmal küsste.

Und er beanspruchte sie ein weiteres Mal, bevor sie beide duschen gingen und sich bereit machten, der Welt entgegenzutreten.

Kapitel Acht

Nachdem er nach fast zwei Wochen zum ersten Mal wieder sein Haus verlassen hatte, verbrachte David den Rest des Tages damit, Clanstreitigkeiten zu schlichten, liegen gebliebenen Papierkram zu erledigen und die Berichte zu lesen, die Wes zur Veranstaltung für die Drachenwaisen hinterlassen hatte.

Und obwohl ihn das beschäftigt hielt, kam die größte Überraschung von Justin und Megan – sie hatten den Antrag gestellt, Madison zu adoptieren.

Auch wenn er gewusst hatte, dass sie sich immer nach einer Tochter gesehnt und nach drei Versuchen aufgegeben hatten, hatte er nicht gedacht, dass sie ein viertes Kind in ihre Familie aufnehmen würden. Aber er war ausnahmsweise froh, falsch gelegen zu haben, da das kleine Mädchen geliebt und verwöhnt werden würde, wie es das sollte. Ganz zu schweigen davon, dass sein Neffe Andy auch schon an ihr zu hängen schien.

An diesem Abend waren er und Tiffany einfach ins Bett gefallen und sofort eingeschlafen – zu müde, um noch irgendetwas anderes zu tun.

Während David am Morgen zusah, wie seine Frau das Frühstück machte, klopfte es an der Haustür.

Sein Drache gähnte. *Viel zu früh für Besucher.*

Vielleicht ist es kein Besucher. Es könnte etwas passiert sein.

Sein Tier grummelte. *Ich war gerade so glücklich damit beschäftigt, Tiffanys Po zu betrachten, als sie in der Küche rumgelaufen ist.*

Ich auch, Drache. Aber in ein paar Tagen wird sie offiziell unsere Gefährtin sein, und wir werden Jahrzehnte haben, um das zu tun.

Er ignorierte das Schmollen seines inneren Tieres, sah durch den Spion in der Haustür und widerstand einem Stöhnen. Er hatte erwartet, dass Tiffanys Bruder auftauchen würde – aber nicht ganz so bald.

Er richtete sich etwas gerader auf und öffnete die Tür für einen großen, stirnrunzelnden Mann mit den gleichen dunklen Haaren und haselnussbraunen Augen wie Tiffany, eine etwas kleinere Drachenfrau an seiner Seite. Der Mensch knurrte: „Wo ist meine Schwester?"

Die Drachenfrau mit braunen Augen und hellbrauner Haut an seiner Seite verdrehte die Augen. „Hallo, David. Ich weiß nicht, ob Sie sich an mich erinnern, aber ich bin Gabby Santos-Ford. Das hier ist mein Gefährte, Ryan. Ich habe versucht, ihn dazu zu bringen, auf eine anständige Uhrzeit zu warten, aber er wollte nicht hören."

Er nickte Gabby zu – er hatte sie einmal zuvor getroffen, konnte sich aber nicht erinnern, wo – und konzentrierte sich dann auf Ryan. „Wollen Sie nicht hereinkommen?"

Der Mensch kniff die Augen zusammen. „Das ist ja wohl das Mindeste, angesichts dessen, was Sie meiner Schwester angetan haben."

Sein Drache knurrte, aber Tiffany erschien an seiner Seite, bevor David ein Wort sagen konnte. Sie stieß Ryan in die Brust. „Sei nett zu David. Er hat nichts mit mir gemacht, was ich nicht wollte. Soll ich wirklich ins Detail gehen, was ich alles selbst angefangen habe? Verdammt, worum ich ihn gebeten habe, es mit mir zu tun?"

Ryan runzelte die Stirn, während seine Gefährtin Gabby sich auf die Lippe biss, um nicht zu lachen. Der Menschenmann murmelte: „Ich brauche keine Details."

David stand einfach mit einem selbstzufriedenen Lächeln da. Es gefiel ihm, dass Tiffany zu ihrer Anziehung zu ihm stand.

Oder vielleicht mehr. Aber daran wollte er jetzt nicht denken.

Tiffany nickte. „Gut. Ich habe gerade Frühstück mit Speck und Eiern fertig. Wenn du dich meinem zukünftigen Gefährten gegenüber zivil benehmen kannst, darfst du hereinkommen. Sonst kann Gabby sich uns anschließen, und du kannst da draußen warten, bis du dich beruhigt hast."

Ryan antwortete: „Ich bin dein älterer Bruder, Tiffany. Du solltest auf mich hören.“

Tiffany hob die Brauen. „Oh, wirklich? Wenn man bedenkt, dass du jetzt gar nicht hier wärst, wenn ich dich nicht dazu gedrängt hätte, an der Drachenlotterie teilzunehmen, denke ich, dass ich mir das Recht verdient habe, meine eigenen Entscheidungen zu treffen.“

Gabby murmelte etwas in Ryans Ohr, das David nicht hören konnte, und der Mensch seufzte schließlich. „Ich werde nett sein. Sagen wir einfach, es war ein Schock, das ist alles.“

Tiffany lehnte sich an Davids Seite, und er legte einen Arm um sie, als er sagte: „Wie wäre es, wenn wir noch mal von vorn anfangen?“ Er streckte seine Hand aus. „Nenn mich David. Schön, dich kennenzulernen.“

Ryan schüttelte seine Hand, warf ihm einen letzten Großer-Bruder-Blick zu, der David kein bisschen aus der Fassung brachte, und der Mensch ließ seine Hand los.

Sein Drache sagte: *Fordere ihn später zu etwas heraus Vielleicht könnte eine Herausforderung, die nicht in einer Prügelei endet, helfen, seine Beschützerinstinkte zu besänftigen – und ihn uns als etwas anderes sehen lassen als nur den Typen, der mit seiner Schwester gefickt hat.*

Vielleicht. Lass uns erst diesen Morgen überstehen.

Tiffany deutete nach drinnen, und alle folgten ihr in die Küche.

Sobald sie am Tresen saßen, fragte Gabby: „Also, wann ist die Paarungszeremonie?“

Ryan grunzte. „Du weißt nicht, ob sie eine haben werden."

Gabby begegnete Davids Blick, lächelte über das, was sie sah, und neigte den Kopf ein wenig zur Seite. „Irgendwie denke ich, dass es eine geben wird. Und zwar eher früher als später."

Er nickte. „Tiffany hat zugestimmt, meine Gefährtin zu sein. Wir warten nur auf die endgültige Genehmigung des ADDA."

Gabby schnappte sich eine Erdbeere aus einer Schüssel auf dem Tresen und sagte: „Ich bin sicher, Ashley hilft dabei."

Ryan seufzte. „Wenn man bedenkt, wie sie sich die ADDA-Mitarbeiter wegen des Paares, das durch den Bewerbungsprozess gerutscht ist, zur Brust genommen hat – und ja, die Nachricht davon hat auch PineRock erreicht –, weiß ich nicht, ob ihre Hilfe etwas ausrichten wird."

David sagte: „Ich hätte dasselbe getan, wenn ich Ashleys Verbindung zum ADDA hätte. Ohne Tiffanys Beobachtungsgabe weiß man nicht, was hätte passieren können."

Tiffany stellte den Teller und die Schüssel mit Speck und Eiern auf den Tresen. „Du hättest es auch bemerkt, David." Sie zögerte einen Moment, und ihm gefiel das nicht. Schließlich sagte sie: „Aber jetzt hast du ein zusätzliches Paar Augen, das dich unterstützt, wenn du es brauchst."

Er verstand die Ursache ihres Zögerns und beschloss, dem ein Ende zu setzen.

Ohne sich darum zu scheren, dass ihr Bruder im

selben Raum saß, ging er zu ihr und berührte ihre Wange. „Ich werde immer deine Hilfe wollen, Tiffany. Ich mag Clanführer sein, aber ich bin nicht unbesiegbar. Und der Himmel weiß, dass ich mehr Augen und Ohren brauche, besonders wenn wir weiterhin solche Veranstaltungen mit den Waisen machen wollen."

Sie lächelte zu ihm hoch. „Ich werde dir jedes Mal einen Bericht abstatten." Sie stellte sich auf die Zehenspitzen, um ihm ins Ohr zu flüstern: „Um den zu kompensieren, den ich nicht über dich gemacht habe."

Er murmelte zurück: „Ich bin sicher, er wäre jetzt verdammt viel gründlicher als vorher."

Sie lachte, und er konnte nicht anders, als sie zu küssen. Nicht so lange, wie er gewollt hätte, angesichts dessen, dass ihr Bruder laut seufzte, aber zumindest genug, um zu versprechen, dass er später noch viel mehr tun würde.

Er zog sich zurück, und Gabby grinste sie an, bevor sie ihren Gefährten anstieß. „Ich hab dir doch gesagt, dass im Clanführer ein Softie steckt."

David runzelte die Stirn. „Ich bin nicht weich."

Gabby antwortete: „Ich meine das nicht böse. Aber bei deiner Frau bist du ganz sicher eines."

Er grunzte, aber Tiffany antwortete, bevor er es konnte: „Die meisten Drachenwandler sind das bei ihren Gefährtinnen." Sie nahm einen Teller und füllte etwas Essen darauf, bevor sie ihn ihm reichte. Dann fügte sie hinzu: „Also, wie lange bleibt ihr beide in StoneRiver?"

Während sie alle frühstückten und Ryan und Gabby erzählten, dass sie nur einen Teil des Tages da sein würden, und dann Tiffany und David Ratschläge über ihr kommendes Kind gaben, war David damit zufrieden, neben seiner Gefährtin zu sitzen und seinen Oberschenkel gegen ihren gepresst zu halten.

Er hatte später noch eine Reihe von Clanführerpflichten zu erledigen. Aber im Moment genoss er den Vorgeschmack darauf, wie sein Leben künftig sein würde – mit einer Gefährtin an seiner Seite und keinem Tag mehr, dem er sich allein stellen musste.

Sie lachte über etwas, das Gabby sagte, und ein Gefühl der Richtigkeit legte sich über ihn. David fragte sich, wie zum Teufel er je hatte denken können, es wäre das Beste, Tiffany wegzustoßen. Sie machte alles heller, leichter und einfach schöner.

Dennoch musste er darauf achten, dass sie ihr Training fortsetzte und sich selbst verteidigen konnte. Denn er würde nicht riskieren, dass ihr etwas zustieß. Seine Ängste, dass sie ihm gestohlen werden könnte, waren geringer geworden, aber nicht ganz verschwunden.

Und er würde sie nicht verlieren, wenn er es verhindern konnte.

Kapitel Neun

Nachdem ihr Bruder und seine Gefährtin abgereist und nach PineRock zurückgekehrt waren, begab sich David zum Gebäude der Beschützer, und Tiffany war allein.

Nicht, dass es sie normalerweise störte, auf sich gestellt zu sein. Aber es bestätigte nur, worüber sie nicht hatte nachdenken wollen – sie hatte keinen Platz im Clan. Zumindest noch nicht.

Ihrem Bruder nach dem Weggang seiner Ex-Frau zu helfen, hatte jahrelang viel von ihrer Energie beansprucht. Dann hatte er Gabby gefunden, und Tiffany hatte hart daran gearbeitet, um einen Weg zu finden, in der Nähe ihres Bruders in PineRock zu leben.

So hatte sie diesen Job in dem Restaurant gefunden, das sowohl Menschen als auch Drachenwandlern offenstand – und an der Bar half sie ebenfalls aus.

Und auch wenn sie wieder dort arbeiten wollte,

hatte David gesagt: noch nicht. Bis sie offiziell seine Gefährtin war und er sicherstellen konnte, dass sie bereit war, sich gegen Feinde zu verteidigen – besonders wenn die Liga von ihrer Paarung erfuhr und sie zum Ziel wurde –, musste sie innerhalb der Grenzen von StoneRiver bleiben.

Aber herumzusitzen war nicht wirklich ihr Stil. Also beschloss sie, stattdessen joggen zu gehen.

StoneRiver auf eigene Faust zu erkunden wirkte Wunder gegen ihre Unruhe. Sie kannte noch nicht viele Leute im Clan, aber die Nachricht über sie und David hatte sich verbreitet. Also winkten ihr alle zu, und ein paar Kinder hatten sie sogar ein paar Mal angehalten, um ihr Fragen zu stellen.

Im Großen und Ganzen erweckte StoneRiver den Eindruck, als wären seine Clanmitglieder zufrieden. Oh, ein paar Leute – besonders ältere Drachenwandler – ignorierten sie. Aber damit konnte sie umgehen. Immerhin war es nicht so, als hätten Menschen im Laufe der Jahrhunderte Drachenwandler willkommen geheißen oder akzeptiert, und viele hatten ihre eigenen Vorurteile. So wie sie und ihr Bruder Drachenwandler kennengelernt und akzeptiert hatten, hoffte sie, dass sie mit der Zeit das Gefühl erwidern und Tiffany zumindest eine Chance geben würden.

Sie war gerade um die Kurve in Richtung Megans und Justins Haus gebogen, als sie Maya entdeckte, die Beschützerin, die sie an der Kletterwand vor dem Rausch kennengelernt hatte.

Gerade als Tiffany ihr Tempo zum Gehen

verlangsamte, erreichte die Drachenfrau sie, und beide blieben stehen. „Gut, ich habe Sie gefunden."

Sie runzelte die Stirn. „Stimmt etwas nicht?"

„Oh, nein. Es ist nur, dass das ADDA und einige menschliche Polizisten noch keine Gelegenheit hatten, mit Ihnen über das Drachenpaar aus Utah zu sprechen, und jetzt sind sie hier."

Sie blickte an ihren Shorts und dem Tanktop hinunter. „Ich bin nicht gerade passend gekleidet für ein formelles Interview."

Maya biss sich auf die Lippe und sagte dann: „Sie sollten einfach sofort kommen. Sie sind ohnehin schon verärgert darüber, dass sie haben warten müssen, bis der Rausch vorbei war. Und bis Ihre Paarung offiziell ist, sollten Sie wahrscheinlich nichts tun, um das ADDA zu verärgern."

Sie wusste von ihrem Leben in PineRock, dass es stark davon abhing, wen man vom ADDA traf, wie die Erfahrung ausfiel.

Und falls es einer der Mürrischen war, war es in der Tat am besten, ihn nicht warten zu lassen. „Na gut, gehen wir."

Sie konnte im Beschützergebäude schnell einen Schluck Wasser trinken und sich in der Toilette frisch machen, bevor sie in den Besucherraum geführt wurde.

Drinnen saßen drei Männer, einer in Anzug und Krawatte und die anderen beiden in Polizeiuniform. Die zwei Polizisten standen auf, sobald sie eintrat, aber der Mann im Anzug deutete nur auf den Platz gegenüber. „Danke, dass Sie gekommen sind. Das hier sollte nicht lange dauern."

Obwohl Tiffany nach ihrer Erlaubnis, in der Nähe ihres Bruders zu leben, nicht viel mit dem ADDA zu tun gehabt hatte, wusste sie doch, dass es seltsam war, dass sie einen Mann geschickt hatten. Meistens schickten sie eine Frau für Drachengefährtinnen. So war es immer bei ihrem Bruder gewesen.

Natürlich war sie noch keine Drachengefährtin, sagte sie sich.

Sie nahm Platz und fragte: „Was kann ich für Sie tun?"

Der Mann im Anzug antwortete: „Wir brauchen nur Ihre Aussage bezüglich Mr. und Mrs. Dunn für den Bericht." Er richtete einen Notizblock vor sich aus und sagte: „Erzählen Sie mir, was passiert ist."

Während sie die Ereignisse schilderte, blickte sie immer wieder zu den Polizisten. Beide musterten sie mit einer Intensität, die keinen Sinn ergab, da nicht sie der Kinderverführer war, sondern nur die Zeugin.

Als sie fertig war, sagte der ADDA-Mann: „Das war ein guter Anfang. Wir müssen Sie bitten, ins Büro in Reno zu kommen, um das Paar zu identifizieren und einige Papiere zu unterschreiben."

Sie runzelte die Stirn. „Ist das wirklich notwendig? Ich könnte sie leicht aus einer Reihe von Fotos auswählen, wenn Sie sie hierherbringen."

Der Mann schüttelte den Kopf. „Das wird nicht

gut genug sein. Wenn ein Mensch ihre Identität persönlich bestätigt, wird das den Fall stärken."

Tiffany war nicht dumm, und das alles schien ihr viel unnötiger Aufwand. „Ich bin mir nicht sicher, ob es einen so großen Unterschied macht, ob ich sie aus einem Buch mit Bildern oder bei einer Gegenüberstellung identifiziere."

Der Mann ihr gegenüber rutschte ein wenig auf seinem Sitz. Und sie hätte schwören können, dass seine Stirn etwas verschwitzt war.

Warum sollte er nervös sein? ADDA-Mitarbeiter führten ständig Interviews.

Ein schneller Blick zu den beiden Polizisten enthüllte jedoch nichts über sie. Sie zeigten nur ausdruckslose Mienen, die auf sie gerichtet waren.

Bevor sie weiter darüber nachdenken konnte, sagte er: „Der Umgang mit Drachenwandlern über Staatsgrenzen hinweg kann knifflig sein. Ich will es so klar wie möglich machen. Ein Video, auf dem Sie persönlich die Identität der beiden bestätigen, würde keinen Zweifel daran lassen, mit wem Sie das kleine Drachenmädchen haben sprechen sehen." Als sie noch darüber nachdachte, weiter zu protestieren, fügte der Mann hinzu: „Wenn Sie das tun, wird das ADDA Ihren Paarungsantrag genehmigen. Wenn Sie nicht kooperieren, könnte er abgelehnt werden."

Sie konnte sich gerade zusammenreißen, nicht die Stirn zu runzeln. Soweit sie wusste, war es im Grunde eine ausgemachte Sache, dass Davids und ihr Antrag genehmigt würde. Immerhin war sie schwanger mit dem Kind eines Drachenwandlers, und alle Halbdrachen-Kinder mussten bei einem Drachenclan leben.

„Also gut, fahren wir." Der Mann stand auf. „Wenn wir jetzt aufbrechen, bedeutet das, Sie sollten vor dem Abendessen zurück sein."

Sie stand ebenfalls auf. „Ich muss mit David sprechen und mich umziehen."

Er schüttelte den Kopf. „David ist im Moment nicht hier. Ich weiß das, weil ich versucht habe, vor meinem Gespräch mit Ihnen auch mit ihm zu sprechen."

Die Warnglocken in ihrem Kopf wurden nur lauter. David hatte nichts davon gesagt, dass er das Clanland verlassen wollte. Zugegeben, sie waren noch nicht lange zusammen, aber sie spürte, dass er es ihr gegenüber erwähnt hätte, wenn er StoneRiver hätte verlassen wollen.

Es sei denn, es war eine Art Notfall. Natürlich gab es einen einfachen Weg, das zu überprüfen.

Da die Männer nicht wissen sollten, dass sie etwas argwöhnte, zuckte sie mit den Schultern. „Dann sag ich nur dem Hauptbeschützer Bescheid. Solange er die Freigabe erteilt, werde ich mit Ihnen gehen."

Der Mann im Anzug sah aus, als wolle er etwas sagen, aber einer der Polizisten ergriff das Wort. „Sie haben fünf Minuten. Wenn wir viel länger warten, wird unser Vorgesetzter nicht mehr da sein, wenn wir nach Reno kommen. Und er will diese Informationen bis vier Uhr haben."

Mit einem Nicken verließ sie den Raum, wo sie Maya immer noch wartend vorfand. Tiffany fragte mit leiser Stimme: „Hat David heute StoneRiver verlassen?"

Sie nickte. „Er musste etwas in den nahegelegenen Wäldern überprüfen, nachdem eine Gruppe von Menschen gesichtet wurde, die dort nicht hätten sein sollen."

Bei Mayas Worten ließ ihre Anspannung ein wenig nach. In einem Notfall sollte David dem nachgehen, anstatt sich die Zeit zu nehmen, sie zu informieren.

Also sagte sie: „Ich soll mit ihnen nach Reno fahren, um das Paar zu identifizieren. Ich muss mit Jon sprechen."

Maya schüttelte den Kopf. „Er ist bei David. Zed hat in der Zwischenzeit das Sagen."

Tiffany verkniff sich ein Stöhnen. Zed war der älteste Beschützer auf StoneRiver und der Einzige, der sie nicht zu mögen schien.

Dennoch richtete sie sich auf und erklärte: „Dann lassen Sie mich mit ihm sprechen und hören, ob es okay ist zu gehen."

„Er hat mir schon gesagt, dass es in Ordnung ist, wenn sie Sie nach Reno mitnehmen müssen."

Sie murmelte: „Wahrscheinlich, damit er nicht mit mir reden muss."

Maya berührte sanft ihren Arm. „Er ist hier in der Minderheit, Tiffany. Das verspreche ich Ihnen."

Sie lächelte die Drachenfrau an, die allmählich zu einer Freundin wurde, und nickte. „Ich weiß."

Dann nahm sie einen tiefen Atemzug und fügte hinzu: „Dann fahre ich mit ihnen. gen Sie bitte David, Jon und auch Zed Bescheid – ich bin bis Einbruch der Nacht zurück."

Die Drachenfrau fragte: „Haben Sie Ihr Handy dabei?"

„Verdammt, das hab' ich heute beim Joggen nicht mitgenommen."

Maya hob einen Finger, rannte zum Empfangsbereich und kam dann mit einem billigen Handy zurück. „Nehmen Sie das, nur für den Fall. Darauf sind die Nummern von David, Jon und dem Empfang des Beschützerhaupthauses schon gespeichert."

Sie nahm das Handy und schob es in ihren Sport-BH, weil sie keine Taschen hatte. „Danke. Ich sehe Sie dann heute Abend."

Mit einem Winken ging sie zurück in den Raum. Im nächsten Moment waren sie alle auf dem Weg zu einem dunklen SUV und stiegen ein. Tiffany saß hinten mit einem der Polizisten, während der ADDA-Mitarbeiter fuhr und der andere Polizist auf dem Beifahrersitz saß.

Der Mann neben ihr starrte sie mit einem unlesbaren Ausdruck an. Er konnte kaum älter als vierzig sein, das dunkle Haar von ein paar silbernen Strähnen durchzogen. Sie warf einen Blick auf sein Abzeichen und sah den Namen „Jones". Bevor sie auch nur versuchen konnte, sich seine Abzeichennummer zu merken – nur für den Fall, sagte sie sich –, sprach der ADDA-

Mitarbeiter. „Danke, dass Sie mit uns kommen, Miss Ford. Sie haben die richtige Wahl getroffen."

Seine Worte klangen seltsam für sie. „Natürlich. Ich will ja nicht, dass die Dunns weiteren Kindern schaden."

Ein paar Augenblicke vergingen, und sie bemerkte, dass sie schon ein gutes Stück auf der holprigen Straße gefahren waren, die zur Staatsstraße führte. Sie dachte, das Gespräch sei tot, als der Polizist sich umdrehte und sagte: „Nicht diese Wahl."

Stirnrunzelnd bemühte sie sich, ihre Stimme höflich zu halten, als sie fragte: „Welche Wahl meinen Sie dann?"

Der Polizist antwortete: „Uns zu begleiten, damit wir Sie von Ihrem Drachenbalg befreien können. Mit der Zeit kann die Liga Ihnen helfen, wieder das Licht zu sehen."

Ihr Herz setzte einen Schlag aus, und ihr Magen zog sich zusammen. „Was?"

Der Mann starrte einen Moment auf ihre Brüste, bevor er sagte: „Wir haben Männer, die bereit sind, darüber hinwegzusehen, dass Sie einen dreckigen Drachenschwanz in sich hatten. Noch in dieser Woche werden Sie frei von dem Dämon in Ihrem Bauch und mit einem Mann verheiratet sein, der Ihnen zeigt, dass Menschen nur zu Menschen gehören."

Ihre Hand legte sich instinktiv auf ihren Unterbauch. Sie wollten ihr das Baby nehmen und

… was? Sie zwingen, jemanden zu heiraten, um ihr eine Gehirnwäsche zu verpassen?

Sie bemühte sich, ihre Angst zu verbergen – obwohl das Herz in ihrer Brust hämmerte –, räusperte sich und konzentrierte sich darauf, dass sie ein Handy hatte, das sie bei der nächsten Gelegenheit benutzen konnte. Solange sie StoneRiver kontaktieren konnte, würden David und die anderen sie retten.

Es war am besten, sie am Reden zu halten und so viel wie möglich herauszufinden. Also fragte sie: „Wovon sprechen Sie? Wer sind Sie?"

Der Mann neben ihr lächelte langsam. „Ich bin Ihr baldiger Ehemann. Es sollte einer von uns beiden sein, aber sobald ich Sie gesehen habe, wusste ich, dass Sie die Meine sein würden." Er fuhr über ihre Wange, und Galle stieg in ihrem Hals auf. „Ich werde derjenige sein, der Ihnen zeigt, dass es am besten ist, bei seiner eigenen Art zu bleiben."

Konzentrier dich, Tiffany. Nicht ausflippen. Du musst ruhig bleiben, um David und die anderen anzurufen.

Und doch, während der Mann weiter ihr Gesicht berührte, kämpfte sie darum, ihr Frühstück bei sich zu behalten. Oder nicht seine Eier zu packen und zu verdrehen, bis er vor Schmerzen schrie.

Sie war in einem fahrenden Auto mit drei Männern. Es war fast unmöglich, zu entkommen, bis sie irgendwo anhielten.

Dann erinnerte sie sich an den ADDA-

Mitarbeiter am Steuer, und obwohl sie spürte, dass es hoffnungslos wäre, erklärte sie: „Wenn Sie wirklich für das ADDA arbeiten, können Sie nicht einfach zulassen, dass sie mich mitnehmen."

Der Mann an ihrer Seite – Jones, wenn sein Abzeichen überhaupt echt war – antwortete: „Oh, Gerald arbeitet für das ADDA. Aber er gehört uns. Er wird niemals reden. Tatsächlich war er derjenige, der diesen kleinen Ausflug vorgeschlagen hat."

Sie versuchte, Geralds Blick im Rückspiegel zu begegnen, aber der Feigling hielt seine Augen auf der Straße.

Scheinbar war sogar das ADDA von Liga-Sympathisanten infiltriert.

Jones legte die Hand in ihren Nacken, packte zu – und als sich seine Finger fest um sie schlossen, erstarrte sie.

Wenn sie nur nicht in einem Auto wäre, dann würde sie versuchen zu entkommen.

Der Mann hob ein Tuch, das sie nicht einmal bemerkt hatte, und hob es zu ihrem Gesicht. „Ich kann nicht zulassen, dass Sie weglaufen, bevor wir verheiratet sind."

Endlich wehrte sie sich, bemühte sich, den Schmerz seines festen Griffs zu ignorieren, und schaffte es, ihn zwischen die Oberschenkel zu schlagen.

Er zischte, Wut blitzte in seinen Augen auf, und er sagte: „Dafür wirst du später bezahlen, du Drachenhure!"

Im nächsten Moment legte er das Tuch an ihr Gesicht, und innerhalb weniger Sekunden wurde die Welt schwarz.

Kapitel Zehn

Nachdem er stundenlang den College-Kids gefolgt war, die für eine Mutprobe auf StoneRivers Land zelten wollten, und sich danach noch länger mit dem ADDA und der Polizei hatte herumschlagen müssen, wollte David nur noch nach Hause, seine Frau küssen und mit ihr in den Armen einschlafen.

Doch zuerst ging er hinter Jon ins Beschützergebäude, da er sich bei Zed, dem Mann, dem sie die Verantwortung übertragen hatten, melden musste.

Kaum war er im Empfangsbereich, kam Maya auf ihn und Jon zugerannt. „Ich muss mit euch beiden sprechen. Kommt!"

Sie deutete zur Tür und ging dann nach draußen. David sah Jon an, der mit den Schultern zuckte. Der andere Mann sagte: „Maya bittet nicht ohne Grund um etwas."

Er wusste, dass das stimmte, nickte und ging

dann zurück nach draußen. Die Drachenfrau stand am anderen Ende des Parkplatzes, genau dort, wo dieser auf die Straße traf.

Sein Drache sagte: *Etwas stimmt nicht.*

Das glaube ich auch. Aber lass uns zuerst herausfinden, was es ist.

Sobald er und Jon vor Maya standen, hielt sie ihre Stimme leise und sagte: „Es ist Tiffany. Sie ist gegen Mittag mit einem ADDA-Mitarbeiter und zwei Polizisten weggefahren und noch nicht nach Hause gekommen. Und nein, sie hat auch nicht angerufen."

Da es fast Mitternacht war, ließen Mayas Worte sein Herz nur schneller rasen. Er wollte hinausstürmen und nach ihr suchen. Aber er konnte nichts tun, bis er wusste, was passiert war. „Erzähl uns alles."

Während Maya von dem Besuch und davon erzählte, dass Tiffany mitgefahren war, um das Drachenpaar zu identifizieren, bemühte David sich, sich auf die kleinen Details zu konzentrieren. Innerlich war er ein Wrack.

Doch seine Frau war klug und eine Kämpferin. Wenn etwas nicht stimmte, musste er darauf vertrauen, dass sie lange genug am Leben blieb, damit er sie finden konnte.

Die Drachenfrau schloss mit: „Und der Grund, warum ich euch hierhergebracht habe, ist, dass, nun, ich denke, Zed wusste, dass sie sie mitnehmen würden. Und ich weiß nicht, ob irgendjemand von den anderen drinnen ihm geholfen hat."

David kniff die Augen zusammen. „Was?"

Maya fuhr fort: „Zed hat mir gesagt, ich solle sie mit ihr tun lassen, was immer sie wollten. Als ich gefragt habe, was das wäre, sagte er, es sei ihm egal. Und selbst als ich ihn später darauf angesprochen habe, dass Tiffany längst hätte zurück sein sollen, hat Zed es zurückgewiesen und gesagt, vielleicht sei sie zur Vernunft gekommen und weggelaufen." Sie biss sich auf die Lippe und fügte hinzu: „Ich wollte ihm ins Gesicht schlagen, aber ich weiß, dass es andere gibt, die im Clan und bei den Beschützern mit ihm sympathisieren. Allein gegen ihn anzutreten wäre Selbstmord."

David ballte die Finger zu Fäusten und wünschte, er selbst könnte den Mann schlagen. „Hast du dich an Ashley Swift gewandt?"

Maya schüttelte den Kopf. „Ich wollte es, aber ich wusste nicht, ob ich das ohne Erlaubnis tun sollte."

Ein Teil von ihm brüllte bei ihrer Antwort auf, aber die rationalere Seite wusste, dass Drachenwandler Ordnung und Hierarchie brauchten, um zu funktionieren, ohne sich gegenseitig umzubringen. Er platzte schnell heraus: „Wenn es um Tiffany geht oder um die Sicherheit irgendeines Menschen in StoneRiver, darfst du Ashley immer kontaktieren, wenn nötig."

Die Drachenfrau nickte, und Jon sprach: „Wir müssen mit Zed reden und herausfinden, was er über diese drei Männer weiß."

Er hatte gewusst, dass Zed keine Menschen in

StoneRiver mochte, hatte aber nicht erwartet, dass der Mann etwas so Drastisches tun würde.

Doch David würde den Mann nicht noch einmal unterschätzen. Und wenn Zed tatsächlich beteiligt gewesen war an dem, was Tiffany passiert war, würde er den Mann so schnell wie möglich erst verprügeln und dann verbannen.

Sein Drache sagte: *Spare dir den Zorn für den Moment auf, wenn wir diejenigen finden, die Tiffany mitgenommen haben. Konzentrier dich!*

David atmete tief durch, stützte sich auf seine jahrelange Erfahrung als Verantwortlicher und sagte: „Jon und ich werden versuchen, Zed zu finden und mit ihm zu reden. Maya, ruf sofort Ashley an. Es ist mir egal, ob es spät ist. Lass es klingeln, bis sie rangeht. Erklär' ihr die Situation und finde über diesen Gerald White Typen heraus, was du kannst. Komm zu uns, sobald du fertig bist."

Maya hob eine Hand. „Da ist noch eine Sache. Ich habe ihr eines unserer Beschützerhandys gegeben. Wenn es noch an ist, sollten wir es orten können."

Die Drachenfrau mochte jung sein, aber David bewunderte ihre Weitsicht. Sie würde es im Clan weit bringen. Er nickte. „Dann tu das zuerst und sprich danach mit Ashley."

Nachdem Maya ihr Handy herausgenommen hatte, sah er zu Jon. Der oberste Beschützer sagte: „Wir werden sie finden. Keine Sorge."

Mit einem Grunzen ging David zurück zum Gebäude, Jon auf seinen Fersen.

Sein Drache ging in seinem Kopf auf und ab, genauso besorgt um Tiffany wie er.

Sein Tier sagte: *Wir werden sie finden. Und dann müssen wir den Clan von jedem befreien, der ihr schaden wollte.*

Er wünschte, er müsste nicht an etwas so Drastisches denken. Immerhin hatte es bei Tashas Paarung mit Brad kaum Gemurmel gegeben. Aber anscheinend brachte eine Menschenfrau, die bald den Clanführer paaren sollte, das Fass bei den Unzufriedenen zum Überlaufen.

David konnte das Problem nicht länger ignorieren.

Er antwortete: *Ja, das werden wir tun. Aber zuerst konzentrieren wir uns auf Tiffany.*

Es dauerte nicht lange, bis sie das Büro erreichten, das für die Nachtwache oder den verantwortlichen Beschützer genutzt wurde, wenn Jon sich um Dinge außerhalb des Clans kümmern musste. David machte sich nicht die Mühe, anzuklopfen, sondern drehte den Knauf und trat ein.

Jeff, der übliche leitende Beschützer für die Nachtwache, blickte zu ihnen auf. „Dann seid ihr also mit den College-Kids fertig?"

Er antwortete nicht. „Wo ist Zed?"

Jeff runzelte die Stirn. „Er ist vor zwei Stunden gegangen, als ich gekommen bin. Warum?"

David wusste, dass Jeff sich um eine menschliche Bedienung aus Tashas Restaurant bemüht hatte. Und obwohl er letztendlich gescheitert war, hatte der Mann dementsprechend nichts dagegen, wenn Menschen und Drachenwandler zusammen waren.

Ein schneller Blick zu Jon, der zustimmend nickte, sagte ihm, dass sie Jeff vertrauen konnten.

Also weihte er den Drachenmann ein, und zu dritt entwickelten sie einen Plan, wie sie nach Zed suchen konnten, ohne dessen Verdacht zu erregen.

Und sobald er konnte, machte David sich auf die Suche nach Maya, in der Hoffnung, dass sie Tiffany geortet hatte.

TIFFANY ÖFFNETE LANGSAM die Augen und hatte sofort das Gefühl, sich übergeben zu müssen.

Als sie sich jedoch zur Seite rollte, um genau das zu tun, ließ das Gefühl ein wenig nach, und sie behielt alles bei sich.

Es war viel zu früh in ihrer Schwangerschaft, um Morgenübelkeit zu haben, was bedeutete, dass es wahrscheinlich das Ergebnis dessen war, womit sie sie betäubt hatten.

In dieser Sekunde wurde ihr klar, dass sie alles mit ihr hatten tun können, während sie bewusstlos gewesen war.

Wie ihr Kind wegnehmen.

Sie stellte fest, dass ihre Kleidung noch an Ort und Stelle war, sogar ihre Schuhe, und zwang sich, zu glauben, dass das ein gutes Zeichen war. Auch wenn es keine Garantie war, dachte sie nicht, dass sie sie wieder in ihr Laufoutfit gesteckt hätten, wenn sie sie ausgezogen und ihre Schwangerschaft beendet hätten.

Sie atmete tief durch und versuchte, ihren Herzschlag zu beruhigen. Trotz ihres pochenden Kopfes und der Übelkeit musste sie sich zusammenreißen und klar denken.

Sie setzte sich langsam auf und sah sich im Raum um. Aber da standen nur ein Bett, eine Kommode und ein Nachttisch mit ein paar Wasserflaschen darauf. Die Wände waren in einer Art Beige, die man überall finden konnte. Eine Tür war an der Seite offen, was ihr den Blick auf eine Toilette und ein Waschbecken gab.

Kurz gesagt, es war ein Schlafzimmer mit einem kleinen angeschlossenen Bad.

Ein Blick zum Fenster sagte ihr, dass Läden davor geschlossen waren. Mit langsamen Schritten, um ihren Magen ruhig zu halten, versuchte Tiffany das Fenster, aber es öffnete sich nicht.

Nicht, dass sie das erwartet hätte. Wenn diese Männer sich die Mühe gemacht hatten, einen ADDA-Mitarbeiter zu erpressen, würden sie nicht so dumm sein.

Oder zumindest würde sie sie nicht unterschätzen.

Erst da bemerkte sie das kleine, harte Objekt in ihrem Sport-BH.

Das Handy!

Sie nahm es schnell heraus, öffnete das

Klapphandy und bemerkte sofort, dass es keinen Empfang gab.

Auch wenn es sie nicht überraschen sollte – große Landstriche hatten im Wald um Lake Tahoe herum lückenhaften Empfang, wenn sie tatsächlich noch dort waren –, seufzte sie und sackte ein wenig zusammen.

Doch in weniger als einer Minute richtete sie sich auf und musterte den Raum. Auf keinen verdammten Fall würde sie so leicht aufgeben.

Als sie die verschiedenen Objekte betrachtete, formte sich ein Plan. Einer, der darauf beruhte, dass sie sich nicht in einem ungewöhnlich hohen Gebäude befand.

Sie eilte zum Fenster und bemühte sich, durch den kleinen Schlitz in der Mitte zu spähen, wo die Läden nicht ganz zusammentrafen. Im Licht des Vollmonds konnte sie Kiefern und Berge in der Ferne erkennen. Doch sie konnte den Boden nicht sehen.

Also stellte sie sich auf die Zehenspitzen und versuchte zu sehen, wie hoch sie war.

Da. Sie konnte den Boden in der Ferne erkennen.

Und wenn sie die Bettlaken zusammenbinden, sie sichern, das Fenster einschlagen und hinabklettern konnte, bis auf eine sichere Höhe, um auf den Boden zu springen, bevor sie den Raum betraten, hätte sie vielleicht eine Chance.

Mehr noch, wenn sie die Kommode vor die Tür schieben konnte, um sie aufzuhalten.

Zugegeben, es konnte Wachen um das Gebäude geben, aber sie musste es zumindest versuchen. David und die anderen würden inzwischen zweifellos nach ihr suchen. Wenn sie es also bis zum Schutz des Waldes schaffen, Empfang finden und vielleicht auf einen der Bäume klettern konnte, um sich zu verstecken, konnte sie, nur vielleicht, entkommen.

Es gab viele Dinge, die schiefgehen konnten, aber es war ihre beste Chance. Ihre einzige Chance, tatsächlich, wenn sie ihr Baby behalten wollte. Denn je länger sie hierblieb, desto größer war die Wahrscheinlichkeit, dass sie sie wieder betäuben und ihr das Kind nehmen würden.

Richtig, Tiffany. Du kannst das. Jetzt, an die Arbeit!

Sie wollte nicht darüber nachdenken, wie dumm die Männer sein mussten, sie in einem Raum mit so vielen Objekten zu lassen, und machte sich zuerst an die Laken, von denen sie wusste, dass sie sie problemlos unter der Decke verstecken konnte, wenn jemand nach ihr sehen kam.

Sie schaffte es, ihr Seil mit der dünneren Decke unter der Tagesdecke und den Laken vom Bett zu knoten und entschied, dass es wahrscheinlich am besten wäre, wenn sie es am Bettrahmen befestigte.

Gerade als sie sich hinkniete, um das zu tun, hörte sie Schritte vor der Tür. Schnell sprang sie ins Bett, achtete darauf, das improvisierte Seil in ihren Armen zu halten, warf die Decke über sich und stellte sich schlafend.

Die Tür öffnete sich, und eine Männerstimme

murmelte: „Sie ist immer noch weg. Warum wecken wir sie nicht einfach auf?"

Das war der Mann, den sie als Jones kannte.

„Wenn wir mehr Drogen in ihr System geben, könnte sie das töten. Mir macht das nichts, aber du scheinst die Schlampe zu wollen."

Jones antwortete: „Ich könnte ihr einfach die Sachen runterreißen und sie ohne Drogen aufwecken."

Tiffany hielt sehr still, obwohl sie vor Abscheu erschaudern wollte.

„Du kennst die Regeln – rühr sie nicht an, bis sie von dem Drachenbalg gereinigt sind."

Jones grunzte. „Was die anderen nicht wissen, wird sie nicht umbringen."

Die Stimme des anderen Mannes war fest, als er sagte: „Nein. Brich die Regeln, und du wirst erledigt. Eine weitere Nacht wird dich nicht umbringen."

„Na gut."

Die Tür schloss sich wieder, und Tiffany hörte, wie die Schritte sich entfernten.

Sie setzte sich auf, hielt das Seil und zögerte einen Moment.

Nicht aus Angst – zweifellos würde sie diese gesamte Erfahrung später verarbeiten, wenn sie nicht mehr voller Adrenalin war –, sondern wegen der Worte der beiden Männer.

Anscheinend gab es Regeln, was das Entführen von Frauen anging, die mit Halbdrachen-Babys schwanger waren, und dazu, sie dann gegen ihren Willen zu verheiraten.

Dass es Regeln gab, bedeutete, dass es oft passierte. Die Frage war nur, wie weit verbreitet es war.

Heilige Hölle! Irgendwie, auf irgendeine Weise, müsste sie David und vielleicht Wes dazu bringen, zu versuchen, andere zu befreien.

Aber im Moment konzentrierte sich Tiffany auf sich selbst. Immerhin, wenn sie nicht freikam, würde niemand von den Entführungen und Zwangsehen erfahren.

Sie band das Seil am Bettrahmen fest, ging dann zur Tür und drückte ihr Ohr dagegen, lauschte auf jedes Geräusch.

Irgendwo schloss sich eine Tür, und etwas wie das Rauschen einer Dusche drang den Flur hinunter.

Sie lehnte sich zurück, musterte den Raum und setzte ihren Plan langsam in die Tat um.

Die Kommode war einigermaßen nicht schwer zu verschieben, der Teppich dick genug, um jedes Geräusch zu dämpfen.

Sie nahm eine Schublade heraus, für den Fall, dass sie ein zusätzliches Objekt brauchte, um das Fenster einzuschlagen, und stellte sie in der Nähe ab. Dann nahm sie das Handtuch, das sie vom Seilbinden zurückbehalten hatte, und räumte den Nachttisch ab. Zuletzt steckte sie eine Wasserflasche vorne in ihren Sport-BH, nur für den Fall, dass sie tagelang nicht gefunden würde.

Als alles an seinem Platz war, atmete Tiffany ein paar Mal ein und aus, um ihr pochendes Herz zu beruhigen. Sie hatte nur einen Versuch, und sie durfte es nicht wegen ihrer Nervosität vermasseln.

Schließlich, so ruhig wie sie es unter den Umständen konnte, nahm sie den kleinen, aber stabilen Nachttisch, trat einen Schritt vom Fenster zurück und begann langsam, sich zu drehen. Sie hatte keine Ahnung, wie stark das Glas war, und brauchte Schwung, um dem Stoß zusätzlichen Wumms zu verleihen. Schließlich machte sie im richtigen Moment einen Schritt und schloss die Augen, als der Tisch ins Fenster krachte.

Glas zersplitterte, die Läden schlugen auf, und Tiffany öffnete die Augen. Sie hätte fast geblinzelt, konnte nicht glauben, dass es funktioniert hatte.

Doch sie fasste sich schnell wieder. Sie wickelte ihren Arm in das Handtuch, um das Glas am unteren Rahmen herauszubrechen, warf das Seil hinunter und, gerade, als sie aus dem Fenster kletterte, stieß jemand gegen ihre Tür. Die Kommode bewegte sich, hielt aber.

Vorerst.

Andere Geräusche brachen im Haus aus, aber Tiffany war es egal. Sie kletterte schnell hinunter, bis ihre Hände von der Reibung wund waren, und erreichte eine Höhe, wo sie sicher zu Boden springen konnte. Gerade als sie sich zum Laufen wandte, kam jemand um die Ecke des Hauses.

Wenn er eine Waffe hatte, war sie erledigt. Doch sie zögerte nicht, um darüber nachzudenken, und rannte los, so schnell sie konnte.

Ein Schuss fiel, aber er zischte an ihr vorbei.

Sie erreichte gerade die Baumgrenze, als ein weiterer Schuss fiel, und das Geschrei näherkam.

Verdammt, verdammt, verdammt! Sie kamen näher.

Sie kämpfte sich durch die Bäume und scherte sich nicht darum, dass die Äste und Büsche ihre Beine und Arme zerkratzten.

Ihr ursprünglicher Plan war gewesen, einen Bereich mit Handyempfang zu finden und dann auf einen Baum zu klettern.

Aber als Männer schrien und das Geräusch brechender Äste hinter ihr zu hören war, wusste sie, dass sie einen Baum finden musste, auf dem sie sich verstecken konnte, und sich später um den Handyempfang sorgen.

Wenn ihr Vorsprung nicht groß genug war, konnten sie sehen, wie sie auf den Baum kletterte. Aber im Moment war es alles, woran sie denken konnte.

Sie rannte schneller, zwang ihre Beine zu mehr Tempo und hielt nach einem Baum Ausschau, dessen Äste tief genug waren, um sich daran hochzuziehen.

Was schwieriger war, als es sein sollte, angesichts dessen, dass so wenig Mondlicht in diesen Teil des Waldes herunterströmte.

Da! Sie entdeckte endlich einen Baum, der etwas jünger war als die anderen. Sie würde von dort aus auf den benachbarten Baum klettern müssen, um hoch genug zu kommen, dass sie sich verstecken konnte, aber sie würde es riskieren.

Mit etwas Anlauf sprang sie, griff nach dem ersten Ast und ignorierte das Brennen ihrer wunden Handflächen. Mit den Füßen stemmte sie sich den Stamm hinauf, schlang die Beine darum und zog sich hoch.

Ihre Beine brannten von den Kratzern, und ihre Handflächen pochten vor Schmerzen, aber sie verschwendete keine Zeit, sich darum zu sorgen. Die Stimmen kamen näher, was bedeutete, dass ihr Zeitfenster sich schloss.

Also trieb sie sich an, weiterzuklettern, hoch, hoch, so hoch sie konnte.

Gerade als sie nach einem Ast des benachbarten Baumes greifen wollte, hörte sie es – das Brüllen mehrerer Drachen.

Tiffany wollte erleichtert aufseufzen, doch die Männerstimmen waren fast bei ihr, genauso wie ein paar Taschenlampen. Die Drachen mochten nah sein, aber nicht nah genug.

Sie griff hinüber und verlor fast den Halt. Aber sie gewann ihr Gleichgewicht zurück und sprang, um den Ast des nächsten Baumes zu greifen.

Auch wenn er sich gefährlich durchbog, hielt er. Und so nutzte sie ihre schwindende Kraft, um weiter auf den Baum zu klettern.

Als die Stimmen fast bei ihr waren, hielt sie inne und umarmte den Baumstamm, in der Hoffnung, dass sie hoch genug war, dass sie sie vom Boden aus nicht sehen konnten. Immerhin war es fast stockdunkel, so weit weg von der Zivilisation.

Sie konnte das Murmeln unten nicht verstehen, und alles, was sie tun konnte, war warten.

Tiffany versuchte, ihren Halt zu verbessern, um sicherer zu sein, aber da bemerkte sie die Wasserflasche, die gefährlich nah am Rand ihres Sport-BHs hing.

Sie hatte sie als Vorsichtsmaßnahme mitgebracht, hatte vorbereitet sein wollen. Und jetzt konnte sie damit alles ruinieren.

Sie griff danach, aber es war zu spät. Die Flasche fiel, stieß auf die Äste auf dem Weg nach unten, und die Männer verstummten plötzlich.

Sie sah sich die umliegenden Bäume an und fragte sich, ob sie irgendwie von den Männern wegkommen konnte, ohne zurück auf den Boden zu gehen.

Doch bevor sie sich einen ganz neuen Plan überlegen konnte, schrien die Männer, und Geräusche – Schreie, Schüsse und Brüllen – eines Kampfes brachen unten aus.

Ihr Herz pochte, und sie fragte sich, ob es wirklich wahr sein konnte. Hatten David und die anderen sie gefunden?

Dann summte das Handy in ihrem BH, und sie wäre fast zusammengezuckt. Sie riss es heraus, klappte es auf und antwortete flüsternd: „Hallo?"

„Maya hier. David und die anderen sind entweder in deiner Nähe oder an deinem Standort. Halte durch!"

Sie schloss die Augen, zwang ihren Körper aber, noch ein wenig durchzuhalten. Das Letzte, was sie gebrauchen konnte, war, ohnmächtig zu werden und vom Baum zu fallen. „Ich bin auf einem Baum. Hoch oben auf einem Baum."

„Bleib' vorerst da. Wir haben deinen Standort, also wird jemand vom Rettungsteam dir helfen, herunterzukommen, sobald er es kann."

„Okay", flüsterte sie.

Maya legte auf, und Tiffany klammerte sich fester an den Baumstamm.

David war wahrscheinlich irgendwo unter ihr.

So nah, und doch so fern.

Doch als das Geschrei nachließ, machte sie sich immer noch Sorgen. Die Menschenmänner hatten schließlich Waffen.

Nein. Sie war nicht so weit gekommen, um jetzt die Hoffnung aufzugeben. David würde am Leben sein. Er musste es einfach.

Kapitel Elf

S obald Tiffanys Handy wieder im Tracking-Programm aufgetaucht war, hatte David sich dem Team angeschlossen, das in ihre Richtung unterwegs war.

Es hatte nicht lange gedauert, eine isolierte Hütte auf einem großen Waldstück zu finden. Aus der Luft hatten sie die Baumkronen abgesucht, bis sie eine Gruppe von Männern entdeckten, die hindurcheilten – auf etwas zu, bevor sie stehen blieben und nach oben blickten.

Dank seiner scharfen Drachenwandler-Augen hatten er und die anderen die Waffen bemerkt. Sobald sie eine Lichtung gefunden hatten, die groß genug war, um zu landen und zu wandeln, taten sie dies der Reihe nach, bis genug Beschützer in Menschengestalt beisammen waren, um es mit der verdächtigen Gruppe von Menschen aufzunehmen.

David führte sie an und tat sein Bestes, seinen Zorn zu nutzen und seine Angst beiseitezuschieben.

Das Handysignal bedeutete nicht unbedingt, dass Tiffany noch am Leben war. Aber er hoffte, dass sie es war.

Sein Drache sagte: *Sie ist klug. Ich bin sicher, sie wird einen Weg finden, in Sicherheit zu bleiben, bis wir bei ihr sind.*

Ich hoffe es, Drache.

Sie näherten sich den Menschen, und David bedeutete ihnen, sich langsam zu bewegen. Sobald sie sichtbar waren, hob er die Faust, um die anderen zum Stehen zu bringen, damit er die Situation einschätzen konnte.

Es waren etwa zehn Männer unterschiedlichen Alters – Ende Teenageralter bis in die Fünfziger hinein, die meisten auf irgendeine Weise bewaffnet.

Einer untersuchte den Boden, ein anderer fragte, in welche Richtung sie gegangen sei, und noch einer sah zu den Bäumen hinauf.

Da fiel eine Wasserflasche über die Äste eines Baumes und zu Boden.

Sie schrien, und David bemerkte schnell etwas, das sich in den Ästen oben bewegte. Doch als einer der Männer sagte: „Die Schlampe ist da oben! Tut mir leid, Jones, aber jetzt heißt es schießen, um sie zu töten."

Bevor jemand etwas anderes sagen konnte, gab David das Zeichen zum Angriff, und er und die vier anderen stürmten aus dem Unterholz.

Die Schnelligkeit war auf der Seite der Drachenwandler, und David überrumpelte den Mann, der eine Waffe in die Bäume richtete.

Gerade als er in ihn hineinrammte, ging die Waffe los, und David schlug sie dem Mann aus der Hand. Der Mensch versuchte, ihm den Ellbogen in den Bauch zu stoßen, aber David wich zur Seite aus und versetzte ihm einen Schlag gegen den Kopf. Der Mann wurde schlaff, atmete aber noch.

Sein Drache seufzte. *Schade.*

Wir brauchen Informationen, was bedeutet, sie am Leben zu halten.

Vorerst.

Er ignorierte sein Tier und konzentrierte sich auf den menschlichen Mann, der versuchte, den Baum zu erklimmen. David erwischte seinen Knöchel, zog ihn herunter und schwang ihm die Faust in den Kiefer. Der Mann grunzte, schaffte es dann aber, sich zu orientieren und versuchte zurückzuschlagen.

Es wäre einfach genug gewesen, eine Kralle auszufahren und den Bauch des Mannes damit aufzuschlitzen, doch David widerstand. Es war mehr als die erhofften Informationen, die die Feinde am Leben hielten. Er wollte nicht Tiffany finden, um sie dann wieder zu verlieren, weil er wegen Mordes ins Gefängnis ging.

Doch er hatte keine Hemmungen, zwei schnelle Schläge in die Niere des Mannes zu landen und ihn dann mit einem Aufwärtshaken auszuknocken.

Zwei erledigt, und er sah sich um und stellte fest, dass die anderen vier Drachenwandler sich um die verbliebenen gekümmert hatten.

In dem Moment kamen Jon, Maya und ein paar

weitere seiner Clanmitglieder herbeigestürmt. Da die unmittelbare Bedrohung nun unter Kontrolle war, wandte er sich an Maya. „Wo ist sie?"

Die Drachenfrau sah auf das Handy in ihrer Hand und runzelte die Stirn. „Sie sollte hier sein."

Ein Rascheln von oben, und David wusste Bescheid und rief: „Tiffany?"

„David!", rief sie und versuchte dann, ein Schluchzen zu unterdrücken.

Der Klang zerriss ihm das Herz.

„Bleib da! Ich komme."

Mit einer Geschwindigkeit, von der er nicht gewusst hatte, dass er sie besaß, kletterte David die Äste hinauf, bis er sie gerade ein paar Meter über sich sehen konnte. Er begegnete ihrem Blick, nahm ihre Schnitte und Prellungen wahr und widerstand einem Knurren.

Nachdem er für seine Frau gesorgt hatte, würde er sich um diejenigen kümmern, die sie erschreckt und verletzt hatten.

Schließlich erreichte er den Ast direkt unter ihr. Seine Frau war mutig, aber sie sah erschöpft aus und kurz davor, umzufallen. Er sprach mit sanfter Stimme, in der Hoffnung, sie zu beruhigen, und sagte: „Kannst du zu meiner Hand herunterreichen, Liebes?"

Sie nickte, und als sie sich auf den Ast setzte und nach ihm griff, bemerkte er ihre wunden, blutenden Handflächen.

Sowohl Mann als auch Tier hätten fast geknurrt.

Aber ihre Stimme zog seine volle Aufmerksamkeit auf sich. „Bring mich einfach nach Hause, David. Bitte?"

Er nickte und führte sie vorsichtig in seine Arme. Er wollte sie halten, küssen und untersuchen, aber der Ast, auf dem er stand, knarrte ein wenig. Daher strich er nur sanft über ihr Haar und sagte: „Leg deine Arme um meinen Hals und die Beine um meine Taille. Du musst dich festhalten, bis wir den Boden erreichen, Liebes. Kannst du das?"

Sie nickte und folgte einfach seinen Anweisungen. Und das machte ihn misstrauisch.

Hatten sie sie verletzt? Vergewaltigt? Was hatten sie seiner Frau angetan?

Sein Drache sagte leise: *Bringen wir sie zuerst nach Hause. Dann kümmern wir uns um sie.*

Nachdem er sanft ihren Rücken gestreichelt hatte, sagte David: „Lass es mich wissen, wenn du dich nicht festhalten kannst, Liebes."

Sie nickte, und er zwang sein Gehirn irgendwie, sich darauf zu konzentrieren, sie aus dem Baum zu bringen, anstatt herausfinden zu wollen, warum sie so still ihm gegenüber war.

Er dachte nicht, dass sie ihm die Schuld daran geben würde. Aber vielleicht war es seine Schuld. Er hatte den Clan verlassen, bevor er sie gepaart hatte, was sie den Launen des ADDA ausgesetzt hatte.

Sein Drache sagte: *Hör jetzt auf damit! Wir hatten keine Ahnung, dass die Liga ADDA-Mitarbeiter auf ihrer Seite hatte.*

Trotzdem hätte ich sie schützen sollen.

Wir sprechen später weiter darüber.

Einmal wurde es knapp, als ein Ast unter David brach; doch er hatte gerade genug Zeit, auf den darunterliegenden Ast zu kommen, und schaffte es schließlich bis auf den Boden. Sobald seine Füße die Erde berührten, legte er einen Arm unter Tiffanys Po und den anderen um ihren Rücken, um sie an sich zu drücken.

So stand er ein paar Sekunden da, die Augen geschlossen, während er ihren Duft einatmete und sein Verstand registrierte, dass seine Frau am Leben und in Sicherheit war.

Erst als Jon sprach, öffnete er die Augen. „Ein Wagen ist unterwegs, und Maya hat Ashley angerufen. Das ADDA will, dass einige von uns hierbleiben, bis sie diese Mistkerle befragen können."

Tiffany sprach zum ersten Mal seit dem Baum. „Einige ADDA-Mitarbeiter arbeiten mit der Liga zusammen. Traut ihnen nicht!"

Er streichelte ihr Haar und sagte: „Die, die kommen, sind Leute, die Ashley empfohlen hat, also sollten sie sicher sein. Sind noch andere ADDA-Leute in das verwickelt, was passiert ist?"

Tiffany hob den Kopf nicht von seiner Schulter, als sie antwortete: „Wenn ja, werden sie in dem Haus da hinten sein."

Jon signalisierte einigen Beschützern, es sich anzusehen, und wandte sich dann wieder David zu. „Auf der Lichtung haben wir einige Taschen mit

Verbandsmaterial, um Tiffanys Verletzungen zu versorgen."

Sie konnten alle das Blut von ihren Schnitten riechen, was David umso mehr dazu brachte, die verdammten Menschen töten zu wollen.

Er flüsterte ihr zu: „Hast du irgendwelche ernsthaften Verletzungen?"

Sie schüttelte den Kopf und hielt dann inne. Mit dem Mund an seinem Ohr sagte sie kaum hörbar: „Ich glaube nicht. Obwohl sie … sie haben davon gesprochen, meine Schwangerschaft zu beenden. Also sollte ein Arzt das untersuchen."

Der Gedanke, dass die Menschen nicht nur seine Frau verletzt, sondern auch versucht hatten, sein Kind wegzunehmen, ließ eine Welle des Zorns durch seinen Körper schießen, die er nie gekannt hatte. Wenn seine Frau ihn nicht gebraucht hätte, hätte er die gefesselten Menschen noch mehr verletzt.

Sein Drache forderte: *Sag es ihr.*

Er legte seinen Mund an ihr Ohr. „Du trägst immer noch unser Kind. Ich kann meinen Duft mit deinem vermischt riechen."

Sie stieß ein Schluchzen aus, und er hielt sie enger an seine Brust. Er machte beruhigende Geräusche und brachte sie weg von dem Bereich und zur Lichtung. „Es ist in Ordnung, Liebes. Du wirst bald zu Hause und wieder in Sicherheit sein. Niemand wird dir noch einmal wehtun."

Mancher hätte es vielleicht für ein falsches Versprechen gehalten, aber David meinte jedes

Wort. Egal, was es kostete, er würde seine Frau vor jeglichem weiteren Schaden schützen.

Auf dem Weg zur Lichtung murmelte er, wie mutig, klug und stark sie gewesen war. Dort angekommen, setzte er sie sanft auf einen Felsen, ging vor ihr in die Hocke, nahm ihr Gesicht in seine Hände und starrte in ihre Augen. Sie bemühte sich, sich zusammenzureißen, aber die Erschöpfung, der Zorn und die Angst in ihrem Blick sagten ihm, dass nun alles in ihrem Kopf angekommen war.

Während er ihre Wangen mit den Daumen streichelte, murmelte er: „Sag mir, wo es wehtut, Liebes, und ich werde dich verarzten."

Sie schwankte kurz, bevor sie ihre Hände ausstreckte. Er holte das Verbandsmaterial und tat, was er konnte, um die Wunde zu reinigen und zu verbinden.

Der Rest waren hauptsächlich oberflächliche Kratzer.

Tiffany blieb die ganze Zeit still, und er hoffte, dass es eher an der Müdigkeit lag als an etwas anderem.

Nein. Er würde jetzt nicht daran denken, dass sie zu dem Schluss kommen könnte, ihn für zu gefährlich und zu schwach zu halten, um sie zu beschützen, und jede Menge anderer Fehler.

Also hob er sie einfach hoch, setzte sich und hielt sie an sich gedrückt, während sie darauf warteten, dass sich ein Auto näherte.

Sie schlief bald ein, und David legte seine

Wange an ihren Kopf, atmete ihren beruhigenden Duft ein und erkannte, wie viel sie ihm bedeutete.

Bei dem Gedanken, Tiffany für immer zu verlieren, wollte er schreien. Sie brachte Licht in sein Leben und Spaß, und machte ihn einfach zu einem besseren Mann.

Vielleicht würde sie ihm nicht vergeben, was in den letzten vierundzwanzig Stunden passiert war. Aber egal, was sie sagte oder tat, David würde seine Menschenfrau immer lieben.

Was bedeutete, dass er einen Weg finden musste, sie davon zu überzeugen und sich eine weitere Chance zu geben, der starke Drachenmann zu sein, den sie brauchte.

Kapitel Zwölf

Tiffany öffnete die Augen zu grellem Sonnenlicht, schloss die Lider sofort wieder und drehte sich auf die Seite.

Ihr ganzer Körper schmerzte, ihr Magen knurrte vor Hunger, und doch wollte sie nicht aus dem gemütlichen, warmen Bett aufstehen.

Eine vertraute Frauenstimme füllte ihre Ohren: „Du bist endlich wach!"

Sie öffnete die Augen erneut, fokussierte sie und entdeckte die dunkelhaarige, braunhäutige Gestalt ihrer Chefin und Freundin, Tasha Harper. Sie saß auf einem Stuhl neben dem Bett mit einem Buch in den Händen. Tiffany versuchte zu antworten, aber ihr Hals war so trocken, dass alles, was sie krächzend herausbrachte, „Wasser" war.

Tasha half Tiffany schnell in eine sitzende Position und hob ein Glas Wasser an ihre Lippen. Obwohl sie es hasste, so schwach zu sein, protestierten ihre Arme schon bei der kleinsten

Bewegung, und Tiffany dachte nicht, das Glas halten zu können, ohne es zu verschütten.

Als sie das Wasser ausgetrunken hatte, stellte Tasha das Glas ab und musterte sie einen Moment, bevor ihre Lippen zuckten, als sie sagte: „Es muss so eine Art Initiationsritus für die Menschenfrauen hier sein, erst irgendeine Tortur überstehen zu müssen, bevor sie ihre Drachenmänner paaren dürfen."

Tashas ehemalige Bar in Reno war von der Liga angegriffen und sie angeschossen worden, bevor sie den Drachenmann namens Brad Harper gepaart hatte.

Tiffany seufzte. „Hoffen wir, dass es nicht nochmal passiert. Zweimal sollte genug sein."

Tasha legte ihre Hand auf Tiffanys Unterarm und drückte. „Ich denke, von jetzt an könnte es leichter werden. Immerhin wissen wir jetzt, dass die Liga die lokalen ADDA-Büros infiltriert hat. Ashley kennt die Hauptperson, die die Zweigstelle leitet. Gib ihr ein paar Wochen, und sie wird ausgemistet sein, da bin ich sicher."

So sehr sie sich freute, ihre Freundin zu sehen, war die Abwesenheit eines bestimmten Drachenmannes doch auffällig. „Wo ist David?"

„Er war damit beschäftigt, weitere Patrouillen aufzustellen, eine offizielle Allianz mit PineRock zu schließen, den ADDA bei der Befragung derer zu unterstützen, die dich entführt haben, ziemlich beschäftigt."

Sie runzelte die Stirn. „Wie lange war ich weg?"

„Etwas über zwei Tage."

Sie blinzelte. „So lange?"

Tasha zuckte mit den Schultern. „Es geschieht ja nicht jeden Tag, dass man entführt wird, entkommt und einen riesigen Baum hochklettert. Oh, natürlich alles auch noch, während man schwanger ist. Dein Körper hat die Ruhe gebraucht." Ihre Stimme wurde weicher. „Du bist jetzt sicher, Tiffany. Ich hoffe, du weißt das. Leute werden dir das sagen, und es wird einige Zeit dauern, bis es bei dir ankommt, aber wenn David nur halb so fürsorglich ist wie Brad – was ich denke, angesichts dessen, wie Drachenmänner bei ihren Gefährtinnen sind – wird niemand auch nur auf dich niesen können, ohne dafür quer durch den Raum geschleudert zu werden."

Vielleicht würden einige Frauen seufzen und anfangen zu weinen, aber Tiffany war nicht so. Zugegeben, sie hatte es bei David getan, als er sie gerettet hatte, aber es war auch ein herausfordernder Tag gewesen. Ganz zu schweigen davon, dass sie sich dem Drachenmann gegenüber zu öffnen schien.

Obwohl sie das Gefühl hatte, dass der Mann in die entgegengesetzte Richtung gehen würde. „Ich weiß. Aber ehrlich gesagt, habe ich mehr Angst davor, wie David sich jetzt verhalten wird."

Tasha hob eine Augenbraue. „Dieser Clanführer-Fluch-Quatsch?"

Sie blinzelte. „Weiß jeder davon?"

Tasha zuckte mit den Schultern. „Nun, Brad

spricht mit seiner Schwester, die mit Davids Cousin verpaart ist, also kommt es manchmal zur Sprache."

Sie seufzte. „Es hat so gut geklappt, und jetzt habe ich Angst, dass es alles ruinieren wird."

„Lass es einfach nicht zu. David mag zwar Clanführer sein, aber ich denke, dass du ebenso viel Köpfchen und Mut hast wie er – oder fast so viel. Nutze das."

„Leichter gesagt als getan."

„Was ist mit der Frau passiert, die nicht gezögert hat, einem Mann in die Eier zu treten, als er ihr an den Po fassen wollte?" Sie berührte erneut ihren Arm. „Drachenwandler sind stur. Sei einfach noch sturer, und es wird gut." Sie nahm ihre Hand weg und lächelte. „Außerdem werde ich nicht die einzige andere Menschenfrau in StoneRiver aufgeben. Nenn mich ein wenig egoistisch, aber es ist schön, Gesellschaft zu haben. Besonders wenn es eine Frau mit so viel Intelligenz und Stärke wie du ist. Ich ertrage keine Narren, und du bist weit davon entfernt, Tiffany."

Sie schnaubte. „Gott sei Dank!" Sie sah in Tashas dunkelbraune Augen. „Danke. Ich denke, manchmal brauche ich einen verbalen Tritt in den Hintern."

„Tun wir alle." Sie stand auf. „Ich soll den anderen Bescheid geben, wenn du wach bist."

„Kommst du zurück?"

Tasha schüttelte den Kopf. „Nicht sofort, ich muss zur Bar. Aber Megan oder Justin werden da sein. Ich komme jedoch wieder zu Besuch, sobald ich kann."

Als ihre Freundin gegangen war, lehnte Tiffany sich gegen die Kissen und dachte darüber nach, wie sie David davon überzeugen konnte, dass ihre Entführung nicht seine Schuld gewesen war. Die Drachen verließen sich in vielen Dingen auf das ADDA, und es hatte keinen Anlass gegeben zu vermuten, dass sie mit der Liga zusammenarbeiteten.

Doch sie dachte nicht, dass ihr Drachenmann es genauso sehen würde. Was bedeutete, dass Tiffany sturer sein musste als ein Drachenwandler. Und nicht irgendein Drachenwandler, sondern auch noch ein Clanführer.

Da jedoch ihre Zukunft auf dem Spiel stand, würde sie erfolgreich sein, und wenn es sie umbrachte. Als David gekommen war, um sie zu retten, und sie sich bei dem Abstieg an seinen Körper geklammert hatte, hatte sie gewusst, dass er der Schlüssel zu der Zukunft war, die sie wollte.

Und da sie den verdammten Mann liebte, musste sie sicherstellen, dass er sie nicht wegstieß, um sie zu schützen.

DAVID BEENDETE sein Treffen mit Wes und Ashley und machte sich langsam auf den Weg zu seinem Haus, wo Tiffany sich ausruhte und rund um die Uhr von zwei Beschützern bewacht wurde.

Vielleicht war es übertrieben, aber es war ihm egal. Das ADDA hatte versprochen, der Sache nachzugehen – zumindest die, denen Ashley vertraute und mit denen sie gesprochen hatte –, aber sein eigenes Vertrauen war durch die jüngsten Ereignisse erschüttert worden.

Sein Drache meldete sich. *Sie ist in Sicherheit. Der ganze Clan ist wütend über Zeds Verrat, und jeder hilft, auf unsere Frau aufzupassen.*

Nun, zumindest die, die noch hier sind.

Ein paar andere waren in derselben Nacht verschwunden wie Zed. David und PineRock hielten zwar Ausschau nach ihnen, aber es wäre nicht das erste Mal, dass einige Drachenwandler sich davonschlichen, um sich einem anderen Clan anzuschließen oder sich in der Wildnis zu verstecken.

Sein Tier antwortete: *Gut, dass wir die los sind. Wenn sie über ihr Vorurteil gegen Menschen nicht hinwegsehen können, haben sie hier keinen Platz. Tiffany ist die unsere und auch Teil des Clans.*

Oder zumindest bald, hoffte er.

David hatte sein Bestes getan, nicht die gesamte Schuld für das Geschehene auf sich zu nehmen. Ganz zu schweigen davon, dass auch Wes und Ashley versucht hatten, ihn davon zu überzeugen.

Und doch hatte er immer noch das Gefühl, als hätte er mehr tun sollen.

Bevor sein Drache weiter argumentieren konnte, erreichte David sein Haus, nickte Maya und dem anderen diensthabenden Beschützer zu und ging hinein.

Musik drang aus der Küche, und er ging darauf zu. Er blieb in der Tür zwischen Flur und Küche stehen und beobachtete, wie Tiffany schief sang und etwas tat, das wohl Tanzen sein sollte, während sie Keksteig auf ein Backblech löffelte.

Für jemanden, der gern aktiv war, fehlte ihr erstaunlicherweise jegliches Gefühl für Rhythmus.

Er hatte erwartet, dass sie sich im Bett erholte oder vielleicht ausruhen würde. Sie tanzen und singen zu sehen, fühlte sich fast normal an.

Sie musste seine Anwesenheit gespürt haben, denn sie drehte sich um und lächelte ihn an. Trotz der Kratzer in ihrem Gesicht und dem Mehlfleck auf ihrer Wange hielt er den Atem an, wie schön sie war, innerlich und äußerlich.

Aber dann fragte sich seine zynische Seite, ob sie versuchte, das erlittene Trauma zu verdrängen, und nur so tat, als wäre alles in Ordnung.

Sein Drache seufzte. *Sprich mit ihr und hör auf zu raten.*

Da er wusste, dass sein Tier recht hatte, ging er auf sie zu, bis er sanft mit dem Daumen das Mehl von ihrem Gesicht wischen konnte. „Du bist wach!"

Sie lächelte zu ihm auf. „Ja, und extrem hungrig. Ich habe beschlossen, dass ich, solange ich schwanger bin, esse, worauf ich Lust habe, und mir keine Sorgen mache."

„Du solltest immer essen, worauf du Lust hast." Er fuhr über ihre Wange, ihre Stirn, ihre Nase hinunter und nahm dann sanft ihr Kinn zwischen die Finger. „Wie geht es dir?"

Sie hob die Brauen. „Den Umständen entsprechend. Fang nicht an, mich zu behandeln, als könnte ich zerbrechen, sonst macht es mich verrückt!"

Er runzelte die Stirn. „Du bist entführt, verletzt und beinahe getötet worden. Ganz zu schweigen davon, dass du dir Sorgen machen musstest, ob sie unser Baby genommen haben. Ich denke, das gibt mir ein gutes Recht zu fragen, ob es dir gut geht."

Sie wischte sich die Hände an ihrer Schürze ab, bevor sie sein Gesicht nahm. Während ihr Daumen seine Wange streichelte, widerstand David einem Seufzen und dem Drang, sich in die Berührung zu lehnen, denn er musste sich ganz auf ihre Antwort konzentrieren. Sie erklärte fest: „Mir geht's im Moment gut. Ich bin mir sicher, dass die Erfahrung manchmal zurückkommen wird, und vielleicht werde ich Albträume haben. Ich weiß es nicht. Aber hier und jetzt, mit dir, in meiner Küche, die nach Schokosplitter-Keksen riecht, geht es mir mehr als gut." Sie lehnte sich gegen ihn, und die Wärme ihres Körpers milderte seine Sorge ein wenig. „Du musst mir das glauben, David. Sag mir, dass du es tust."

Während er ihr in die haselnussbraunen Augen sah, antwortete er: „Das tue ich. Aber ich mache mir immer noch Sorgen."

Sie nickte. „Ich weiß. Du bist ein Clanführer, also ist es irgendwie dein Job. Aber ich habe überlebt. Ich bin die Kriegerkönigin, erinnerst du dich? Mit noch mehr Training könnte ich eine Gruppe bewaffneter Männer allein niedermachen und fliehen."

Er hielt sie fester an sich. „Mach keine Scherze darüber."

Sie küsste ihn sanft, bevor sie sich zurückzog. „Das war eine einmalige Sache. Außerdem, jetzt, wo die Erfahrung vorbei ist, müssen wir uns keine Sorgen mehr um deinen Fluch machen. Ich bin nicht tot, was dir zeigt, dass ich aus härterem Stoff gemacht bin."

Er streichelte ihren unteren Rücken und murmelte: „Ich will das ja glauben, aber du könntest jetzt ein noch größeres Ziel sein als zuvor. Vor allem, da du die geheime Entführungs- und Heiratsoperation der Liga aufgedeckt hast."

„Ich will nicht, dass sie unser Leben für immer bestimmen, aber erst einmal kann ich in StoneRiver bleiben und vielleicht etwas tun wie Aktivitäten für die Kinder zu koordinieren? Oder vielleicht sogar für die Erwachsenen? Ich brauche etwas, um mich zu beschäftigen, sonst werde ich Dutzende von Keksen am Tag backen, und bald wirst du mich zur Haustür hinausrollen müssen."

Sein Stirnrunzeln ließ endlich nach, als seine Lippen zuckten. „Man kann dich vielleicht rollen, wenn du im neunten Monat schwanger bist, aber ich bezweifle, dass es vorher der Fall sein wird."

Sie versetzte ihm einen Klaps auf seine Schulter. „Du sollst doch sagen, dass ich strahlen und lieblich und schön gerundet sein werde. Nicht, dass du mich zur Tür hinausrollen wirst."

Er lachte leise und hielt seine Frau noch fester. „Du weißt genau, wie du mir ohne große Mühe die Sorgen nehmen kannst. Ich liebe dich, Tiffany."

Er hatte diese Worte nicht aussprechen wollen, aber er bereute sie nicht. Besonders nicht, als ihre Augen warm wurden und sie ihre immer noch bandagierten Hände um seinen Hals legte. „Ich liebe dich auch, David. Mit deiner gelegentlichen Mürrischkeit und allem."

David brannte darauf, sie zu küssen und so viel mehr, aber er zögerte. Sie hatte so viel durchgemacht.

Tiffany verdrehte die Augen. „Ich werde nicht zerbrechen."

Sie schloss den Abstand zwischen ihnen, ihre Lippen trafen seine, und ihre Zunge bat streichelnd um Einlass.

Er öffnete den Mund willig und zog sie an sich, während er ihre Zunge liebkoste, ihren Geschmack genoss und wusste, dass er die Frau in seinem Arm nie leid werden würde.

Seine Hände bewegten sich zu ihrem Po und hoben sie. Ohne ein Wort schlang sie ihre Beine um seine Taille. In dem Moment, als ihre Scham sich gegen seine Erektion presste, zischte er.

Seine Frau unterbrach den Kuss lange genug, um zu flüstern: „Ich denke, wir haben zu viele Sachen an."

David wollte sagen, sie sollten warten, aber sie rieb

sich gegen seinen harten Schwanz, und die Vernunft verließ seinen Geist. Der Arzt hatte gesagt, Tiffany ginge es gut, und seine Frau hatte es bekräftigt. Er musste einfach darauf vertrauen, dass es genug war.

Sein Drache knurrte: *Es ist genug. Und jetzt beanspruche sie, damit wir beide daran erinnert werden, dass sie hier und die unsere ist und wir sie niemals loslassen werden.*

Er ging zum nächsten Tresen und setzte sie darauf. Mit einer ausgefahrenen Kralle zerriss er ihr Shirt und dann ihre Jogginghose. Ein weiteres Schnippen, und auch ihre Unterwäsche war weg.

Sie machte sich daran, ihm das Shirt auszuziehen, aber er trat zurück und riss es sich herunter. Seine Jeans und die Boxershorts folgten.

Doch anstatt sofort zwischen ihre Schenkel zu treten und hineinzustoßen, fuhr er über ihre Wange, ihren Hals hinunter und zu ihrer Brust. Als er über ihren Nippel strich, stöhnte Tiffany und legte die Hände hinter sich auf den Tresen, um sich abzustützen. Da er nicht widerstehen konnte, nahm er ihren anderen Nippel in den Mund und saugte.

Sie musste ihn berühren und bewegte ihre Hände, um ihre Nägel in sein Haar zu graben, drückte ihn näher an sich. Und er ließ sich Zeit, leckte, knabberte und saugte an ihr, bis seine Frau sich auf dem Tresen wand, ihr Erregungsduft seine Nase füllte und seinen Schwanz steinhart machte.

Dann ließ er ihre straffe Spitze los, küsste hinunter und nahm sich eine extra Sekunde, um ihren Unterbauch zu küssen, bis er zwischen ihren Schenkeln kniete.

Als er aufblickte, sah er die Mischung aus Verlangen, Hitze und Liebe in ihren Augen.

Ohne den Blick abzuwenden, leckte er ihre Scham, und Tiffany stöhnte. Einmal ihren süßen Honig zu kosten war nicht genug, also leckte er und labte sich daran und stieß seine Zunge in ihre Pussy, dabei genoss er, wie jeder Ton ihm sagte, wie nah sie war.

Dann entfernte er schließlich seine Zunge und machte sich an ihre Klitoris, saugte sanft daran, bevor er sie spielerisch biss, und Tiffany bog den Rücken durch, während sie schrie.

Als sie schließlich ein wenig in sich zusammensackte, leckte er sie ein paar letzte Male, um ihren Orgasmus zu genießen, bevor er sich seinen Weg ihren Körper hinauf küsste, bis er ihre Lippen in einem langen, verweilenden Kuss nehmen konnte.

Ein paar Augenblicke später fand ihre Hand seinen Schwanz, und sie flüsterte: „Nimm mich, David. Ich brauche dich jetzt in mir."

Er positionierte seinen Schwanz und stieß bis zum Anschlag hinein. Tiffany schlang sofort ihre Beine um seine Taille und grub ihre Fersen in seinen Po.

Einen Moment lang starrten sie einander an, zweifellos beide mit Hitze, Verlangen und Liebe, die in ihren Augen leuchtete.

Diese wunderschöne, lustige, brillante Frau war die seine. Für immer.

Sowohl Mann als auch Tier brauchten mehr als sanft, und so nahm er ihre Lippen in einem heftigen Kuss, während er seine Hüften bewegte.

Tiffany klammerte sich an seine Schultern, während David stieß, als hinge sein Leben davon ab, er musste tiefer und tiefer kommen, ihre warme Hitze spüren, wie sie seinen Schwanz umklammerte.

Sie grub ihre Nägel in seine Schultern, und er bewegte sich noch schneller, genoss es, wie sie in seinen Mund seufzte und stöhnte, ihre Hüften ihm jedes Mal entgegenkamen und ihn näher und näher an den Rand trieben.

Doch selbst wenn sein Orgasmus schon in Sicht war, verdiente seine Frau es, zuerst zu kommen.

Er bewegte eine Hand zwischen sie, umkreiste ihre Klitoris auf die Weise, die ihr gefiel, bis Tiffany schrie und um seinen Schwanz zuckte. David stieß noch ein paar Mal zu, bevor er innehielt, Glückseligkeit explodierte durch seinen Körper, als seine Frau noch einmal kam.

Als sein Erguss in ihr abebbte, hielt David sie fest, seinen Kopf auf ihrer Schulter, zufrieden damit, sie einfach zu halten und ihren Rücken zu streicheln.

Er hatte keine Ahnung, wie viel Zeit vergangen war, als Tiffany sagte: „Das war fast so gut wie frisch gebackene Kekse."

Er lehnte sich zurück und schnaubte. „Gut zu wissen, dass ich knapp hinter Keksen rangiere."

Sie schmunzelte, und sein Herz setzte einen Schlag aus. „Na ja, vielleicht sogar besser. Ein kleines bisschen." Sie küsste sein Kinn und flüsterte ihm ins Ohr: „Obwohl, da du mich auf den Tresen gesetzt hast, weg von all meinem Kekskram, und mich davor bewahrt hast, mehr zu machen, denke ich, dass du dafür Bonuspunkte bekommst. Cookies und Sex. Hm. Vielleicht sollte ich das zu einer regelmäßigen Sache machen."

Er lachte leise und küsste ihre Nase. „Dann muss ich mich einfach mehr anstrengen, um deutlicher über deinen Backkünsten zu liegen."

Sie bewegte die Hüfte, und sein halb harter Schwanz beschloss, erneut aufzuwachen. „Du könntest sofort versuchen, mich zu überzeugen. Da ich nichts im Ofen habe, wird das Haus nicht gleich abbrennen, wenn du beschließt, extrem gründlich zu sein und mir zu zeigen, warum Sex mit dir besser als Kekse ist."

Er knabberte an ihrer Schulter, und Tiffany lachte. Er murmelte: „Kleine Hexe."

Sie schlang ihre Arme um seine Brust. „Solange ich deine kleine Hexe bin, ist das alles, was zählt."

Er flüsterte: „Immer", bevor er sie erneut küsste.

Und dann verbrachte er ein paar weitere Stunden damit, Tiffany davon zu überzeugen, dass Sex tatsächlich besser als Cookies sein konnte, indem er seine Gefährtin verwöhnte, von der er gedacht hatte, sie wäre seine Schwäche – die aber letztendlich sowohl seine größte Freude als auch die Quelle seiner Stärke geworden war.

Epilog

Fast neun Monate später

Tiffany blickte von ihrem neugeborenen Sohn im linken Arm zu dem anderen an ihrer rechten Seite.

Sie konnte nach der langen Entbindung kaum die Augen offenhalten, doch David hatte seine Arme um sie gelegt und half, das Gewicht der Kinder zu stützen.

Ihr Gefährte küsste ihr Haar und sagte: „Ich weiß, irgendwann müssen wir aufhören zu starren, aber ich kann mich gerade nicht dazu durchringen."

Sie lehnte ihren Kopf an sein Kinn. „Ich auch nicht. Obwohl, allzu bald werden wir zwei anstrengende Kinder haben."

Er lachte leise und streichelte zärtlich ihre Handrücken. „Du hast mehr Energie als fast jeder, den ich kenne. Ich denke, es ist Schicksal, dass du

Zwillinge bekommen hast, nur um dich auf Trab zu halten."

„Oder vielleicht, damit wir mit Justin und Megan gleichziehen."

David lachte erneut, bevor er ihre Wange küsste. „Vier Kinder sind eine Menge. Lass uns erst einmal sehen, wie wir mit zweien zurechtkommen." Er berührte einen Sohn. „Adam." Und dann den anderen. „Griffin. Versucht für eure Mutter, euch zu benehmen, okay?"

Griffin wand sich ein wenig, aber Adam schlief einfach weiter.

Tiffany konnte nicht aufhören, zu lächeln. „Ich denke, Griffin wird nach mir kommen, und Adam nach dir. Also gibt es vielleicht ein Gleichgewicht im Haushalt."

Er lachte, und Tiffany lehnte sich einfach gegen ihren Gefährten und genoss, wie seine bloße Anwesenheit ihr die Kraft gab, wach zu bleiben.

Und obwohl der Schmerz und die Erschöpfung von der Entbindung der Zwillinge noch frisch in ihrer Erinnerung waren, sehnte sich Tiffany insgeheim danach, es noch einmal zu versuchen, für eine Tochter. Eine, der sie Davids Familienerbstück – einen wunderschönen silbernen Kamm – weitergeben konnte, wenn sie alt genug war. Vielleicht konnte eine Tochter ihn sogar an ihrem Paarungstag tragen, wie Tiffany es getan hatte.

Natürlich lag das weit in der Zukunft. Sie hatte jetzt zwei Söhne und einen Gefährten zu lieben und zu schätzen, und das war mehr als genug, um den

Verlust des einen Bruders wettzumachen, den sie wahrscheinlich nie wiedersehen würde.

Nein. Sie schob den Gedanken beiseite. Heute war ein freudiger Anlass, und es war Marks Verlust, nicht ihrer.

Als ob er ihre Gedanken gespürt hätte, rieb David seine Wange an ihrer, und sie seufzte glücklich. David würde immer an ihrer Seite sein, und ihr Herz quoll über vor Liebe für ihren Drachenmann.

Es klopfte an der Tür, und ihre Schwägerin Gaby steckte den Kopf herein. „Dürfen wir reinkommen? Der Arzt sagte, es sei okay, solange du nicht zu müde bist."

Sie nickte. „Für eine kurze Weile. Dann werde ich schlafen müssen."

Gaby schmunzelte, als sie mit Ryan direkt hinter sich eintrat. „Ich war schon mit einem Baby erschöpft. Ich kann mir nicht einmal vorstellen, wie es ist, zwei auf einmal zu bekommen. Obwohl ich mich bald daran gewöhnen muss, zwei Kinder zu haben."

Tiffany beobachtete, wie Gaby ihren Gefährten ansah. Sie hatte erst kürzlich allen erzählt, dass sie ein weiteres Kind erwartete.

Und sie freute sich darüber. Tiffany hatte als Kind nur ihre Brüder gehabt, und sie wollte, dass ihre Kinder von einer großen, erweiterten Familie umgeben waren.

Als Nächstes kamen Justin, Megan und ihre Kinder herein, alle umschwärmten Adam und

Griffin. Auch wenn sie ihre Söhne für immer halten wollte, ließ sie sie jeden abwechselnd nehmen, während David neben ihr saß und sie festhielt.

Sie blickte zu ihm hoch, und er küsste sanft ihre Lippen und murmelte: „Ich liebe dich, meine Königin."

Lächelnd antwortete sie: „Und ich liebe dich auch."

Während sie einander anstarrten, war Tiffany froh, dass sie die Chance mit dem Drachenmann an ihrer Seite eingegangen war. Ein Kuss hatte ihr Leben verändert – auf die bestmögliche Weise.

Zusammen machten sie den Clan stärker und schmiedeten einen neuen Weg für StoneRiver. Keine Sorgen mehr um Flüche, Hass gegen Menschen oder irgendetwas davon.

Sie und David gestalteten die beste Zukunft, die sie für sich und ihre Söhne gestalten konnten. Und nichts würde sie aufhalten, solange sie zusammen waren. Nichts.

Der Fund des Drachen

Eine eingeschneite Liebesgeschichte zwischen einem griesgrämigen Drachenmann und einem wahren Sonnenschein – seiner vom Schicksal bestimmten Menschenfrau – und dummerweise gibt es nur ein Bett …

Auf Jenny Hartmanns Fahrt hinauf zur Hütte eines Freundes, wo sie eine dringend benötigte Auszeit nehmen will, gibt ihr altes Auto den Geist auf. Auf dem verschneiten Berg gestrandet, ohne Stadt oder Autos in Sicht, bleibt ihr nichts anderes übrig, als zu Fuß nach Hilfe zu suchen. Und natürlich landet sie prompt auf ihrem Po und verletzt sich am Bein. Während sie die Welt für ihr verdammtes Pech verflucht, taucht ein großer, sexy Drachenmann auf und bietet seine Hilfe an.

Obwohl es bedeutet, möglicherweise allein mit einem Fremden zu sein – und das wer weiß wie lange – bleibt ihr bei den fallenden Temperaturen kaum eine Wahl. Sobald sie seine Hilfe annimmt, trägt er sie zu seiner kleinen Hütte und kümmert sich um sie.

Der Drachenwandler Daniel Torres redet nicht viel. Doch er versucht weder, ihre Redseligkeit zu bremsen, noch bringt er sie wegen ihres kaum vorhandenen Filters in Verlegenheit. Tatsächlich erzählt sie ihm Dinge, die sie selbst vor ihrer Schwester geheim gehalten hat. Und nachdem sie sich im einzigen Bett aneinanderkuscheln, um warm zu bleiben, macht es Klick, und sie will Dinge, die sie nicht haben kann.

Doch eine unerwartete Wendung durch die Erzfeinde der Drachenwandler verändert alles. Und bald muss Jenny entscheiden, ob sie eine Zukunft mit dem Drachenmann will oder ob sie fliehen muss, um sich vor seinem inneren Drachen in Sicherheit zu bringen.

Bücher von Jessie Donovan

Die Stonefire-Drachen

Dem Drachen geopfert

Den Drachen verführen

Die Drachen offenbaren

Den Drachen heilen

Den Drachen wiedererwecken

Vom Drachen geliebt

Dem Drachen ergeben

Vom Drachen geheilt

Dem Drachen helfen

Den Drachen finden

Vom Drachen ersehnt

Den Drachen überzeugen

Vom Drachen geschätzt

Dem Drachen Vertrauen - erscheint demnächst

Lochguard Highland Drachen

Das Dilemma des Drachen

Der Drachenwächter

Das Drachenherz

Der Drachenkrieger

Die Drachenfamilie

Über die Autorin

Jessie Donovan hat mehr als eine halbe Million Bücher verkauft, Hunderttausende weitere kostenlos an ihre Leser*Innen verschenkt und es sogar auf die Bestsellerlisten der *NY Times* und *USA Today* geschafft. Sie ist vor allem für ihre Drachenwandler-Serie bekannt, schreibt aber auch über Elfenhexen, Vampire, Alien-Krieger und hat sogar eine verrückt-komische Liebesromanreihe aufgelegt, die in Schottland spielt. Wenn sie nicht gerade ein Buch liest, auf ihrem Laufband joggt oder mit nur wenigen Groschen in der Tasche durch ein fremdes Land reist, findet man sie oft auf Facebook oder TikTok, wo sie mit ihren Lesern interagiert. Sie lebt in der Nähe von Seattle. Dort regnet es zwar oft, doch der Regen macht auch alles grün.

Besuchen Sie ihre Website unter: www.JessieDonovan.com

www.ingramcontent.com/pod-product-compliance
Lightning Source LLC
Chambersburg PA
CBHW051824170626
46807CB00003B/1018